琼 瑶

作 品 大 全 集

我是一片云

琼瑶 著

作家出版社

琼瑶，本名陈喆，作家、编剧、作词人、影视制作人。原籍湖南衡阳，1938年生于四川成都，1949年随父母由大陆赴台生活。16岁时以笔名心如发表小说《云影》，25岁时出版首部长篇小说《窗外》。多年来笔耕不辍，代表作包括《烟雨蒙蒙》《几度夕阳红》《彩云飞》《海鸥飞处》《心有千千结》《一帘幽梦》《在水一方》《我是一片云》《庭院深深》等。

多部作品先后改编成为电影及电视剧，琼瑶也因此步入影视产业。《六个梦》系列、《梅花三弄》系列、《还珠格格》系列等，影响至深，成为几代读者与观众共同的记忆。

琼瑶以流畅优美的文笔，编织了众多曲折动人的故事。其作品以对于梦的憧憬和爱的执着，与大众流行文化紧密结合，风靡半个多世纪，成为华文世界中极重要的文学经典。

我为爱而生，我为爱而写
文字里度过多少春夏秋冬
文字里留下多少青春浪漫
人世间虽然没有天长地久
故事里火花燃烧爱也依旧

覆禄

I

五月的下午。

天空是一片澄净的蓝，太阳把那片蓝照射得明亮而耀眼。几片白云，在天际悠悠然地飘荡着，带着一份懒洋洋的、舒适的、自由自在的、无拘无束的意味，从天的这一边，一直飘往天的另一边。

宛露抬头看着天空，看着那几片云的飘荡与游移，她脚下不由自主地半走半跳着，心里洋溢着一种属于青春的、属于阳光的、属于天空般辽阔的喜悦。这喜悦的情绪是难以解释的，它像潮水般澎湃在她胸怀里。这天气，这阳光，这云层，这初夏的微风……在在都让她欢欣，让她想笑，想跳，想唱歌。何况，今天又是一个特别让人喜悦的日子！

二十岁，过完二十岁的生日，代表就是成人了！家里、父母一定会有一番准备，哥哥兆培准又要吃醋，嚷着说爸爸妈妈"重女轻男"！她不自禁地微笑了，把手里的书本抱紧了一些，快步地向家中"走"去。她的眼光仍然在云层上，脚步是半走半跳的。哥哥兆培总是说：

"宛露最没样子！走没走相，坐没坐相，站没站相！人家女孩子都文文静静的，只有宛露，长到十岁，还像个大男孩！"

怎样呢？像男孩又怎样呢？宛露耸耸肩，一眼看到路边的一棵"金急雨"树，正垂着一串串黄色的花朵。金急雨！多么好的名字！那些垂挂的花朵，不正像一串串金色的雨珠吗？她跳起身子，想去摘那花朵，顺手一捞，抄到了一手的黄色花瓣，更多的花瓣就缤纷地飘坠下来了，撒了她一头一脸。多好！她又想笑，生命是多么喜悦而神奇呵！

握着花瓣，望着白云，她在金急雨树下伫立了片刻。二十岁！怎么眼睛一眨就二十岁了呢？总记得小时候，用胳膊抱着母亲的脖子，好奇地问：

"妈妈，我是从什么地方来的？"

"玫瑰花芯里长出来的呀！"母亲笑着说。

"哥哥呢？"

"哦，那是从苹果树上摘下来的！"

稍大一些，就知道自己不是从玫瑰花芯里长出来的，哥哥也不可能是苹果树上摘下来的。十岁，父亲揽着她，正式告诉她生命的来源，是一句最简单的话：

"因为爸爸妈妈相爱，于是就有了哥哥和你！因为我们想要一个男孩和一个女孩，老天就给了我们一儿一女！我们是个最幸福的家庭！"

最幸福的，真的！还能有比她这个家更幸福的吗？她满足地、低低地叹息了一声。手里握着那些花瓣，她又向前面走去，眼睛再一次从那些白云上掠过，她忽然想起小时候的一件事，父亲曾经左手揽着她，右手揽着兆培，问：

"兆培、宛露，告诉我，你们长大后的志愿是什么？你们希望将来做什么？"

"哦，我要做一个汽车司机！"兆培大声说，他那时候最羡慕开汽车的人。

"呃，"父亲惊愕得瞪大了眼睛，转向了她，"宛露，你呢？"

"我呀！"五岁的她细声细气地说，"我要做一片云。"

"一片云？"父亲的眼睛张得更大了，"为什么要做一片云呢？"

"因为它好高呀！因为它又能飘又能走呀！"

父亲望着母亲，半晌，才说：

"慧中，咱们的两个孩子真有伟大的志愿呢！"

接着，他们就相视大笑了起来，笑得前俯后仰，笑得天摇地动。她和哥哥也跟着他们一起笑。虽然，并不懂他们为什么觉得那样好笑。

看着云，想着儿时"宏愿"，她就又觉得好笑起来了。一片云！怎会有这样的念头呢？童年的儿语真是莫名其妙！但是，真当一片云，又有什么不好？那么优哉游哉，飘飘荡荡，无拘无束！真的，又有什么不好？她跳跃着穿过马路，往对面的街上冲去。

对面是个巷子口，一群孩子正在那儿玩皮球。刚好有一个球滚到了她的脚边，她毫不犹豫，对着那球就一脚踢了过去。球直飞了起来，孩子们叫着、嚷着、嬉笑着。她望着那球飞跃的弧度，心里的喜悦在扩大，扩大得几乎要满溢出来。忽然间，有个年轻男人正从那巷子里走出来，她惊愕地张大了嘴，眼看着那球不偏不斜地正对着那男人的脑门落下去。她"哎呀"地叫了一声，飞快地冲过去，想抢接那个球。同时，那男人也发现了这个从天而降的"意外"，出于本能，他想闪避，不料球已经直落在头上，这重重的一击使他头晕眼花，眼冒金星，更不巧的是，宛露已像个火车头般直冲了过来，他的身子一滑，和她撞了个正着。顿时，他一下子失去了平衡，就摔在马路当中了。而宛露手中的书本和花瓣，全撒了一地。

周围的孩子像是看到了一幕惊人的喜剧，立即爆发了一阵大笑和鼓掌声，宛露满脸尴尬地睁大了眼睛，瞪视着地上那个男人。正在不知所措的时候，一辆计程车飞驰而来，一声尖锐的急刹车响，一阵疯狂的喇叭声，那计程车及时刹住，在宛露惊魂未定的一瞬间，巷子里又驰来另一辆计程车，再一阵急刹车和喇叭声，两辆计程车成直角停在那儿，直角的前端，是躺在地上的陌生男人和挓挲着双手的宛露。

"怎么了？撞车了吗？"人群纷纷从街边的小店里拥了过来，司机伸出头来又叫又骂，孩子们跳着脚嬉笑，再也没有遇到过比这一刹那间更混乱、更狼狈、更滑稽的场面。宛露的眼睛瞪得骨溜溜圆，心里却忍不住想笑。她弯腰去看那男人，腰还没弯下去，嘴边的笑就再也按捺不住，终于在唇边绽开了。她边笑边说：

"你今天应该买爱国奖券，一定中奖！"

那年轻人从地上一跃而起，眼神是恼怒的，两道浓眉在眉心纠结着，他恶狠狠地盯着宛露，气呼呼地说：

"谢谢你提醒我，中了奖是不是该分你一半呢？"

听语气不大妙，看他那神态就更不大妙，怎么这样凶呀！那眼睛炯炯然地冒着火，那脸色硬邦邦地板着，那竖起的浓眉和那宽宽的额，这男人有些面熟呢！一时间，她有点惶惑，而周围的汽车喇叭和人声已喧腾成了一片。她耸耸肩，今天心情太好，今天不能和人吵架。她蹲下身子，去捡拾地上的书本。没料到，那男人居然也很有风度地俯下身子帮她拾。她抬头凝望他，两人眼光一接触，她就又"扑哧"一声笑了：

"别生气，"她说，"你知道，天有不测风云，人有旦夕祸福，就是为这种事而发明的俗语。"

"是吗？"他问，抱起书本，他们退到了人行道上，周围的人群散开了，计程车也开走了，他盯着她，"我可没想到，发明那俗语的时候，就已经有皮球了。"他继续盯着她，然后，他的脸再也绷不住，嘴唇一咧，也忍不住地大笑了起来，一面笑，一面说，"你知道吗？你引用的俗语完全不恰当。"

"怎么？"

"既然你叫我去买爱国奖券，当然你认为我是运气太好，才会挨这一球的，那么，说什么天有不测风云呢！"

"因为……因为……"她笑着，一面往前走，一面用脚踢着地上的碎石子。她觉得很好笑，整个事件都好笑，连这阳光和天气都好笑。她想着天上的云，想着自己是一片云，想着，想着，就又要笑。"因为……"她叽咕着，"你不会懂的。我说你也不懂。"

他惊奇地望着她，脸上有种奇异的、困惑的、感动的表情，他那炯炯发光的眼珠变得柔和了，还含着笑意。他说：

"你一直是这么爱笑的吗？"

"爱笑有什么不好？"

"我没说不好呀！"他扬起了眉毛。

她看了他一眼。

"你一直是这么凶巴巴的吗？"她反问。

"我凶了吗？"他惊愕地。

"刚才你躺在地上的时候，凶得像个恶鬼，如果不是为了维持我的风度，我会踢你几脚。"

"呵！"他叫，又好气又好笑，"看样子，你还'脚下留情'了呢！"

她又笑了。他们停在下一个巷子口。

"把书给我！"她说，"我要转弯了。"

他紧紧地凝视她，望了望手里的书本。

"你叫什么名字？"他问。

她仰头看看天，俏皮地一笑。

"我叫一片云。"

"一片云？"他怔了怔，靠在巷口的砖墙上，深思地、研判地打量着她。从她那被风吹乱的头发，到她那松着领口的衬衫，和她那条洗白了的牛仔裤。"是天有不测风云的云吗？"

"可能是。"

"那么，"他一本正经地说，"我叫一阵风。天有不测风云的风。"

她愕然片刻，想起他忽然从巷口冒出来，还真像一阵风呢！她又想笑了。

"所以，"他仍然一本正经地说，"对我们而言，这两句俗语应该改一改，是不是？"

"改一改？"她不解地，"怎么改？"

"天有不测风云，人有偶然相遇。"他说，把手里的书往她怀中一放，"好了，再见！段宛露！"

段宛露！她大惊失色，站住了。

"你怎么知道我是段宛露？"她问。

"或者，我有点未卜先知的本领。"他学她的样子耸耸肩，满不在乎的，"这是我与生俱来的本能，只要我把人从上到下看一遍，我就会知道她的名字！"

"你胡扯！"她说，忽然有阵微微的不安掠过了她的心，与这不安同时而来的，还有一份不满，这男孩，或者他早就在注意她了，或者这"巧合"并不太"巧"！否则，他怎能知道她的名字！"天有不测风云，人有偶然相遇！"他多么轻浮！他在吃她豆腐！这样一想，她就傲岸地一甩头，抱着自己的书本，头也不回地往家门口跑去。她家在巷子里的第三家，是一排两层砖造房子中的一栋，也是×大分配给父亲的宿舍。她按了门铃，忍不住又悄然往巷口看看，那年轻人仍然站在那儿，高大、挺拔。她忽然明白为什么觉得他眼熟了，他长得像电影《女人四十一枝花》中的男主角！有那股帅劲，也有那股鲁莽，还有那股傲气！她心里有点混乱，就在神思不定的当儿，门开了。

她还没看清楚开门的是谁，身子就被一只强有力的手一把拉进去了，迅速地，她的眼睛被蒙住了，一个男性的、温柔的、兴奋的声音在她耳边响起来：

"猜一猜，我是谁？"

她的心脏不由自主地狂跳了起来，自己也不知道为什么会心跳得这么厉害，她大大地喘了口气，突然而来的狂喜和欢乐胀满了她的胸怀，她哑着喉咙说：

"不可能的！友岚，绝不可能是你！"

"为什么不可能？"

手一放开，她眼前一阵光明，在那灿烂的阳光下，她睁大了眼睛，一瞬也不瞬地望着面前那个高高个子的男人！顾友岚！童年的点点滴滴像风车般从她眼前旋转而过，那漂亮的大男孩，总喜欢用手蒙住她的眼睛，问一句：

"猜一猜，我是谁？"

她会顺着嘴胡说：

"你是猪八戒，你是小狗，你是螳螂，你是狐狸，你是黄鼠狼！"

"你是个小坏蛋！"他会对她笑着大叫一句，于是，她跑，他追。一次，她毫不留情地抓起一把沙，对他的眼睛抛过去。沙迷住了他的眼睛，他真的火了，抓住了她，他把她的身子倒扣在膝上，对着她的屁股一阵乱打。她咬住牙不肯叫疼，他打得更重了，然后，忽然间，他把她的身子翻过来，发现她那泪汪汪的眼睛，他用手臂一把把她抱在怀里，低低地在她耳边说：

"小坏蛋！我会等你长大！"

那时候，她十岁，他十六。

他留学那年，她已经十六岁了。说真的，只因这世界里喜悦的事情太多，缤纷的色彩太多，她来不及吸收，来不及吞咽，来不及领会和体验。四年来，很惭愧，她几乎没有想到过他。就是顾伯伯和顾伯母来访的时候，她也很少问起过他。他只是一个童年的大友伴，哥哥兆培的好朋友而已。可是，现在，他这样站在她面前，眼光奕奕，神采飞扬，那乌黑的浓发，那薄薄的嘴唇，那含着笑意的眼睛，带着那么一股深沉的、温柔的、渴切的、探索的神情，深深地望着她，她就觉得自己整个人都莫名其妙地发起烧来了。

"噢，宛露！"友岚终于吐出一口长气来，"你怎么还是这么一副吊儿郎当相？"他伸手从她的头发上摘下一片黄色的花瓣，又从她衣领上摘下另外一片，"这是什么？"

"金急雨！"

"金急雨！"他扬了扬头，眼里闪过一抹眩惑，"咳！你还是你！"

"你希望我不是我吗？"她问。

"哦，不！"他慌忙说，"我希望你还是你！不过……"

"喂！喂！"屋子里，兆培直冲了出来，扬着声音大叫，

"你们进来讲话行吗？四年之间的事可以讲三天三夜，你们总不至于要在院子里晒着太阳讲完它吧！"

宛露往屋子里跑去，这种一楼一底的建筑都是简单而规格化的，楼下是客厅、餐厅、厨房，楼上是三间卧室，外面有个小得不能再小的院子，因为宛露的父亲段立森喜欢花草，这小院子除了一条水泥走道之外，种满了芙蓉、玫瑰、茉莉和日日春，在院角的围墙边，还有一棵芭蕉树。宛露常说父亲是书呆子过干瘾，永远跟不上时代的变化，尤其种什么芭蕉树！"是谁多事种芭蕉？早也潇潇，晚也潇潇！"父亲就是受诗词的影响，是个地道的中国书生，是个地道的学者，也是个地道的"好父亲"！

宛露跑进了屋子，兆培拉住她，在她耳边说：

"我送你的生日礼物，你满意吗？"

"什么生日礼物？"宛露诧异地问。

"顾友岚！"兆培清清楚楚地说。

"你……"听出他言外之意，宛露就对着他的脚，狠狠地踩下去，兆培痛得直跳起来，一面对宛露的臀部打了一巴掌，一面粗声嚷着说："友岚！我告诉你，你最好离我这个妹妹远一点，她是母老虎投胎，又凶又霸道，而且是毫无理性的！这还罢了，最严重的问题是，她一点女性的温柔都没有……"

"当然啰！"宛露也嚷开了，"谁像你的李玢玢，又温柔，又体贴，又美丽，又多情，充满了女性温柔，只是啊，人家的女性温柔不是对你一个人……"

"宛露！"兆培大喊，声音里充满了尴尬和焦灼。

宛露猛一抬头，才发现李玢玢正亭亭玉立地站在客厅中间，笑盈盈地望着她。这一惊非同小可，她大窘之下，连招呼都没打，转身就往楼上冲去。刚好，段立森穿着件中式长衫，正慢腾腾地从楼上走下来，宛露这一冲，就和父亲撞了个满怀，段立森弯着腰直叫哎哟，宛露趁势往台阶上一坐，怔怔地说：

"怎么了？我今天像个出轨的火车头，走到哪儿都会撞车！"

段立森望着宛露，情不自禁笑了起来，揉了揉宛露那被太阳晒得发热的头发，宠爱地说：

"岂止是今天？我看你每天都像个出轨的火车头！满二十岁了，还是这样毛里毛躁的，将来怎么办？"

"得了，立森！"段太太从厨房里钻了出来，笑嘻嘻地望着他们父女两个，"你就让她去吧！维持她的本来面目比什么都好，何必急着要她长大呢？"

"妈！"兆培抗议地说，"你们只会教育别人的儿女，不会教育自己的儿女！"

"怎么了？你又发什么牢骚？"段太太笑望着儿子。

"宛露呀，就是被你们宠坏了！这样惯她，她一辈子都长不大！现在是在爸爸妈妈的翅膀底下，等到有一天，她必须独立的时候，就该吃苦头了！"

"我为什么要独立？"宛露撒赖地说，"我就一辈子躲在爸爸妈妈的翅膀底下，又怎么样？"

"难道你不出嫁？"兆培存心抬杠。

"我就不出嫁！"

"好呀！"兆培直着脖子嚷嚷，"爸爸，妈，你们都听见了！还有友岚，嘻嘻，你做个见证，她亲口说的，她一辈子不出嫁！哈哈！只怕这句话有人听了会伤心……嘻嘻，哈哈……"

宛露的脸涨红了，顺手抄起手边的一本书，对着兆培甩了过去，嘴里喊着：

"你再嘻嘻哈哈的，当心我掀你的底牌！"她跳起身子，忽然跑过去，一把挽住李玢玢，把她直拖到屋角去，用胳膊搂着她的腰，说，"我告诉你一件事，玢玢，只能悄悄说……"她开始对李玢玢咬耳朵。

兆培大急，冲过去，他用双手硬把两个女孩子给拉开，一面焦灼地问：

"玢玢，她对你说些什么？你可不能听她的！这个鬼丫头专会造谣生事，无中生有，无论她告诉你什么话，你都别听！她说的没一句好话！"

李玢玢长得恬恬静静的，她一脸的迷惑和诧异，喃喃地说：

"她说得倒很好听！"

"她说什么？"兆培急吼吼地问。

"她说呀！"李玢玢睁大了眼睛，学着宛露的声音说，"月亮爷爷亮堂堂，骑着大马去烧香，大马拴在梧桐树，小马拴在庙门上……下面还有一大堆，我记不得了。"

"扑哧"一声，顾友岚正喝了一口茶，几乎全部喷了出来，一部分茶又呛进了喉咙，他又是咳，又是笑，眼睛亮晶晶地望着宛露。段立森和太太对视着，也忍俊不禁。兆培恶狠狠地瞪着宛露，想做出一副凶相来，可是，他实在板不住脸，终于纵声大笑了。顿时，一屋子的人全笑开了，笑得天翻地覆。笑声中，友岚悄悄地走近了宛露，低声说：

"谢谢你还记得。"

"记得什么？"宛露不解。

"我教你的儿歌。"他低念，"月亮爷爷亮堂堂，骑着大马去烧香，大马拴在梧桐树，小马拴在庙门上。扒着庙门瞧娘娘：娘娘搽着粉儿，和尚噘着嘴儿，娘娘戴着花儿，和尚光着脑袋瓜儿。"

"哦！"宛露困惑地望着友岚，"原来这儿歌是你教我的吗？"

"别告诉我，你忘记是我教的了！"友岚说，眼光深深地停驻在她脸上，压低声音说，"知道我为什么回来吗？"

"你念完了硕士，不回来干吗？"

"最主要的是……"

"啊呀！"宛露忽然发出一声惊喊，全屋子的人都呆了，怔怔地望着她，不知道她又发生了什么大事。她却对着屋子中间跑过去，弯腰从地上拾起她的课本——刚才，她曾用这本书甩兆培的。她望着书的封面，大惊小怪地说：

"原来如此！我还以为他真的是未卜先知呢！"

"什么事？什么事？"段太太问，伸着头去看那本书，是本《新闻文学》。

"妈呀，"宛露挑着眉毛叫，"这上面清清楚楚地写着我的名字呢！"

"你的书上，当然有你的名字呀！"兆培皱着眉说，"你今天是怎么回事，疯疯癫癫的？"

友岚吸了口气，望着宛露的背影，不自禁地轻叹了一声。段太太看看宛露，又看看友岚，若有所悟地点了点头。拍拍手，她提高声音，叫着说：

"大家都到厨房里来帮忙，端菜的端菜，摆碗筷的摆碗筷，今晚，我们大家好好地吃一顿。庆祝宛露满二十岁！"

大家欢呼了一声，一窝蜂地拥进了厨房。

2

毕业考就快到了。

早上，阳光从窗帘的缝隙里射了进来，在室内缓缓地移动，移上了宛露的嘴唇，移到了宛露的脸颊，终于映在她那低阖着的睫毛上了。这带着热力的光亮刺激了她，她在床上翻了个身，试着用毛毯去遮那阳光，她失败了，然后，她醒了。

睁开眼睛来，首先听到的就是窗外的一阵鸟鸣，她把双手垫在脑后，平躺在床上，用一份崭新的喜悦，去倾听那麻雀的吱吱喳喳，它们似乎热闹得很。在争食吗？在唱歌吗？在恋爱吗？她不由自主地笑了。

门口有脚步声走近，那细碎的、柔和的脚步声，那轻盈的、小心的脚步声。母亲一定怕吵醒了她！她睁大眼睛，没来由地喊了一声：

"妈！"

脚步声停住了，房门被推开，段太太站在房门口，笑盈盈地望着她。"醒了吗？怎么不多睡一下？我看过你的课表，你今天上午没课，尽可以睡个够。昨晚，你和友岚他们闹得那么晚才睡，现在何不多睡一下？"

　　"妈！你进来！"宛露懒洋洋地倚在枕上，仍然像个任性而娇情的孩子。段太太关上了房门，走了过来，坐在床沿上，她温柔地、宠爱地、亲昵地用手摸了摸宛露的下巴，问：

　　"你又有什么事？"

　　"妈，你觉不觉得我有点反常？"

　　"反常？"段太太怔了怔，"此话从何而来呢？"

　　"我告诉你，妈！"宛露伸手去玩弄着母亲衣服上的扣子，凝视着母亲的眼睛，"我的同学们都有一大堆忧愁，她们每个人都说烦死了，愁死了，前途又不知怎样，父母又不了解她们，马上就要毕业了，毕业就是失业，再加上恋爱问题，爱吧，怕遇人不淑，不爱吧，又寂寞得发慌……反正，问题多了，妈，你懂吗？"

　　"是的。"段太太了解地、深沉地望着女儿，"难道你也有这些烦恼吗？"

　　"正相反，我的问题就在于，为什么人家有的烦恼，我都没有！"宛露抬高了眉毛说，"妈，你知道同学们叫我什么吗？她们叫我'开心果'。"

　　"当'开心果'总比当'烦恼树'好吧？"段太太笑着说。

　　"可是，我为什么与众不同呢？我也应该找一点忧愁来愁一愁，否则，我好像就不是'现代人'了。"

段太太笑了。

"只有人要去找快乐，我还没听说有人要去找忧愁的！"她收住了笑，忽然若有所思地、深沉地、恳挚地望着女儿，"不过，宛露，有时候，在成长的过程里，我们都会自然而然地经过一段烦恼时期，看什么都不顺眼，觉得全世界都对不起自己……"

"妈，你的意思是说，我也会经历这段时期吗？"

"不一定。"段太太坦白地说，"我希望你不会！因为你生活在一个简单而幸福的家庭里。我……"她深深地看进宛露的眼睛，"我要尽量让你远离忧愁。"

"哦，妈！"宛露从床上一跃而起，抱住母亲的脖子，把头埋在她颈项里一阵乱揉，那发丝弄得段太太痒酥酥的，就不自禁地笑了起来。宛露边揉边喊："妈！我爱你们！我爱你们！我不会忧愁，因为我有你们！"

"噢！宛露！"段太太的眼眶有些发热，"怪不得你哥哥说你是个小疯丫头，我看你还真有点儿疯呢！"

宛露从床上爬了起来，一面换掉睡衣，一面说：

"如果我有点儿疯，也是你的遗传！妈，"她扣着衬衫的扣子，"你像我这么大的时候，是不是也和我一样疯，一样快乐，一样不会忧愁？"

段太太一怔。

"不。"她回忆起往事小心翼翼地说，"我可能比你多愁善感一点。"

"那么，就是爸爸的遗传了！"宛露穿上长裤，不知怎的又笑了起来，"爸爸是个书呆子，还好我没遗传爸爸的呆劲儿！"她打开房门，往浴室走，"爸爸和哥哥都去上班了吗？"

"是呀！"

宛露站住了，回头望着母亲。

"妈，我以前没注意过，平常你一个人在家，会不会寂寞？"

"不会。"

"为什么？"

"因为我心里早被你们占满了。"

宛露幸福地点点头。

"等哥哥娶了嫂嫂，家里就又多一个人了。妈，你喜欢玢玢吗？你觉得她很女性吗？"

"是的。"

"她比我可爱吗？"

"噢！傻丫头，你今天怎么这么多问题？"段太太笑叱着，"我告诉你，宛露，在我心里，世界上没有比你更可爱的女孩。好了，去洗脸吧！还有件正经事要告诉你，你爸爸帮你接洽的工作已经成了，××杂志社已决定聘用你当记者，只等你毕业。"

"啊哈！"宛露欢呼了一声，"他们不在乎我是五专毕业的吗？"

"什么学校毕业的有什么重要呢？重要的是你有没有能力！"段太太凝视着女儿，"我还真有点担心呢！"

"担心什么？担心我没有能力吗？"

"担心你疯疯癫癫的，口无遮拦，访问别人的时候，说不定会问出什么怪问题，说不定把被访问的人给气死！"

"哈！"宛露大笑了，"真是知女莫如母。这倒是大有可能的事情！"她跑进浴室里去了。

段太太目送宛露的影子消失在房门口，她却坐在那儿，默默地出了好一阵神，才站起身来，机械化地、本能地开始整理宛露的床。拉平被单，叠好毛毯，收拾起丢在地下的睡衣……她心里朦朦胧胧地想着宛露，她那孩子气的、不知人间忧愁的女儿，是不是永远能维持这份欢乐呢？从宛露身上，她想到兆培，想到玢玢，也想到友岚，她木然地在床沿上坐了下来，手里握着宛露的睡衣，呆呆地沉思着。

"哇！"宛露忽然在她耳边大叫一声，把段太太吓得直跳了起来，宛露大笑，"妈，你在发什么呆？我要出去了。"

"去哪儿？不吃早饭了吗？"

"快中午了还吃早饭！我去同学家研究一下功课，马上就要毕业考了。今天晚上，我又答应了友岚去夜总会跳舞，还有哥哥和玢玢，友岚请客，反正他最有钱。妈！你知道他在伟立建筑公司的工作吗？他自称是工程师，我看呀，他一天到晚爬高爬低的，倒像个工头呢！"

"别轻视他的工作，"段太太接着说，"刚刚回来，就能找到这么好的工作，也要有一点真实本领。"

宛露站定了。

"你们好像都很欣赏友岚。"

"你不欣赏吗？"段太太研判地看着她。

"我？"她扬了扬眉毛，"老实说，我还不知道呢！因为，欣赏两个字不能随便说的，别人往往会误解你的意思。我想……"她沉吟了一下，微笑着，"总之，我很喜欢跟他在一起！"

抱起桌上的书本，她拾级下楼，仍然跳跳蹦蹦的，到了楼下，她才扬着声音喊了一句：

"我不回来吃午饭！"

走到门外，阖拢了大门，她嘴里开始吹着口哨。兆培最不喜欢她吹口哨，说是女孩子吹口哨太"流气"。所以，兆培就该有个像玢玢那样文文静静的女朋友。她想着，往巷口走去，忽然间，有个高大的黑影往她面前一站，她惊愕地抬起头来，口哨也忘了吹了。她接触到一对炯炯发光的眸子，一张似曾相识的脸孔，那宽宽的阔嘴正咧开着，对着她嬉笑。

"中奖了。"他说。

"什么？"她愕然地问，"你是谁？"

"这么健忘吗？"他说，"我是那阵风。"他伸出手来，手指中夹着一张爱国奖券，"记得吗？我答应中了奖分你一半，果然中奖了。"

她恍然大悟，那个被皮球打中的男孩子！她笑了起来，摇着头，不信任地：

"别乱讲！我才不相信你真中了奖！"

"不骗你，中了最后两个字，每一联有二十块可拿，你说，我们是分钱呢？还是去折换两张奖券，一人分一张？"

她望望那奖券，再望望他，惊奇地睁大了眼睛。

"真中了？"

"还不信？"他把奖券塞到她手里，"你拿到巷口的奖券行去问问看。"

他们已经走到巷口，那儿就有一家奖券行，门口挂着个大牌子，上面写着这期的中奖号码，她拿着奖券一对，果然！中了最后两个字！虽然，这是最小最小的奖，虽然，中这种奖跟不中没有什么分别，但她仍然孩子气地欢呼一声，兴高采烈地说：

"我早就告诉了你，你会中爱国奖券！不过，你怎么这么笨呢？"

"我笨？"他呆了呆，不解地望着她，"我怎么笨？"

"你只买一张，当然只能中个小奖，你当时就该去买它一百张，那么，保管会中第一特奖！"

"哦，这样的吗？"他翻了翻眼睛，"我或者该到银行去，把所有的奖券全包下来，那么，几百个奖就都是我一个人中了。"

"噢！"她笑了，笑得咯咯出声，"这倒真是个好办法，看不出来，你这人还有点数学头脑！"

他一瞬不瞬地望着她。

"你还是这么爱笑。"他说，"我从没看过像你这么爱笑的女孩子。"

她扬着手里的奖券。

"我们怎么处理它？"她问。

"换两张奖券，一人分一张！"

"好！"她干脆地说，仿佛她理所当然拥有处理这奖券的权利。走进奖券行，她很快地就换了两张出来，她说："你抽一张。"

"不行！"他瞪视着她，大大摇头，"不能这么办，这样太不公平。"

"不公平？那你要怎么办？"她天真地问。

他握住她的手腕，把她拉向人行道，他指着前面说：

"看到吗？那儿有一家咖啡馆，我们走进去，找个位子坐下来，我请你喝一杯咖啡，我们好好地研究一下，如何处理这两张奖券。"

她抬起睫毛，凝视着他，笑容从唇边隐去。

"这么复杂吗？"她说，"你以为我是三岁小孩吗？奖券我不要了，你拿去吧！"她把奖券塞进他手中，转身就要离去。

他迅速地伸出一只手来，支在墙上，挡住了她的去路。他的眼光黑黝黝地盯着她，笑容也从他唇边隐去，他正经地、严肃地、低声地说：

"这是我第一次请女孩子喝咖啡。"

不知怎的，他的眼光和他的语气，都使她的心怦然一跳。不由自主地，她迎视着这对眸子，他脸上有种特殊的表情，是诚挚、迫切而富有感性的。她觉得心里那道小小的堤在瓦解、崩溃。一种自己也无法了解的、温柔的情绪捉住了她。她和他对视着，好一会儿，她终于又笑了。扬扬眉毛，她故作轻松地说：

"好吧！我就去看看，你到底有什么公平的办法来处理这奖券！"

他们走进了那家咖啡馆，这咖啡馆有个很可爱的名字，叫做"雅叙"。里面装修得很有欧洲情调，墙上有一个个像火炬般的灯，桌上有一盏盏煤油灯，窗上垂着珠帘，室内的光线是柔和而幽暗的。他们选了角落里的一个位子，坐了下来。这不是假日，又是上午，咖啡馆里的生意十分冷清，一架空空的电子琴，孤独地高踞在一个台子上，没有人在弹。只有唱机里在播放着《胡桃夹子组曲》。

叫了两杯咖啡，宛露望着对面的男人。

"好了，把你的办法拿出来吧！"

他靠在椅子里，对她凝视了片刻，然后，他把两张爱国奖券摊在桌上，从口袋里拿出一支笔，他在一张奖券上写下几个字，推到她面前，她看过去，上面写着：

孟樵
电话号码：776822

"孟樵？"她念着，"这是你的名字？"

"是的，你不能一辈子叫我一阵风。"他说，眼睛在灯光下闪烁，"这张是你的，中了奖，打电话给我。然后，你该在我的奖券上留下你的电话号码，如果我中了奖，也可以打电话给你。这样，无论我们谁中了奖，都可以对分，你说，是不是很公平？"

她望着他，好一会儿，她忽然咬住嘴唇，无法自抑地笑了起来，说：

"你需要兜这么大一个圈子来要我的电话号码吗？"

他的浓眉微蹙了一下。

"足证我用心良苦。"他说。

她微笑着摇摇头，取过笔来，很快地写下自己的电话号码，把那奖券推给他。他接了过去，仔细地念了一遍，就郑重地把那奖券折叠起来，收进皮夹子里，宛露看着他，说：

"你是学生，还是毕业了？"

"毕业很多年了，我在做事。"

"你一定是一个工作很不努力的人。"

"为什么？"

"今天不是星期天，现在是上午十一点，你没有上班，却坐在咖啡馆中，和一个陌生的女孩喝咖啡。"

他微笑了一下。

"你的推断力很强，将来会是个好记者。"

"你怎么知道我是学新闻的？哦，我那天掉在地上的书，你比你的外表细心多了，我看，你倒应该当记者！"

"你对了！"他说。

"什么我对了？"她不解。

"我是个记者，毕业于政大新闻系，现在在××报做事，没有固定的上班时间，常常整天都在外面跑，只有晚上才必须去报社写稿。所以，我可以在上午十一点，和一个陌生的女孩坐在咖啡馆里，这并不能证明我工作不努力。"

"哦？"她惊愕地瞪着他，"原来你也是学新闻的？"

"不错。"

"你当了几年记者？"

"三年。"

"三年以来，这是你第一次请女孩子喝咖啡？"她锐利地问，"你撒谎的本领也相当强呢！"

他紧紧地注视着她。

"我从不撒谎。"他简单明了地说，语气是肯定而低沉的，"信不信由你。"

她迎视着那对灼灼逼人的眼光，忽然间，觉得心慌意乱了起来，这个男孩子，这个孟樵，浑身都带着危险的信号！她从没遇到过这种事，从没有这种经验，她觉得孟樵正用那锐利的眼光，在一层一层地透视她。从没有人敢用这样大胆的、肆无忌惮的眼光看她。她忽然警觉起来了，她觉得他是古怪的、难缠的、莫名其妙的！她把咖啡杯推开，直截了当地问：

"既然是第一次，干吗不找别人而找上我？"

"我想……"他愣愣地说，"因为没有别的女孩子用球砸过我！我母亲常说，我脑袋里少了一个窍，你那一球，准是把我脑袋里那个窍给砸开了！说实话，"他困惑地摇了摇头，"我自己都不了解，为什么要这样做。"

她愕然地望着他，听了他这几句话，她的警觉不知不觉地飞走了，那种好笑的感觉就又来了。这个傻瓜！她想，他连一句恭维话都不会说呢！这个傻瓜！他完全找错目标了！他不知道，她也是个没窍的人呢！想到这儿，她就不能自已地笑起来，笑得把头埋到了胸前，笑出了声音，笑得不能不用手捂住嘴。

"我很可笑，是吗？"他闷闷地问，"你能不能告诉我，我哪一句话如此可笑？"

"你知道我是爱笑的，"她说，"任何事情我都会觉得好笑，而且，我又不是笑你，我在笑我自己！"

"你自己？你自己有什么好笑？"

"我自己吗？"她笑望着他，"孟樵，让我告诉你一个秘密。"

"什么秘密？"

她笑嘻嘻地凝视他，慢吞吞地说：

"你的脑袋里，可能只少一个窍，我的脑袋里呵，少了十八个窍。而且，到现在为止，没有人用球砸过我！"她抱起桌上的书本，"我要走了，不和你谈了，再见！"她站起身子，抬高了下巴，说走就走。一面走，一面仍然不知所以地微笑着。

孟樵坐在那儿，他没有留她，也没有移动，只是望着她那修长的身影，轻快地往咖啡馆门口飘去。一片云，他模糊地想着，她真是无拘无束得像一片云！一片飘逸的云，一片抓不住的云，一片高高在上的云，一片可望而不可即的云……那"云"停住了，在门口，她站了两秒钟，然后，猝然间，她的长发在空中甩了一个弧度，她的身子迅速地回转了过来，望着他，她笑着，笑得有点僵，有点儿羞涩，有点儿腼腆。她走了回来，停在他的桌子前面。

"你学新闻，当然对新闻学的东西都很熟了？"

"大概是的。"

"我快毕业考了，愿不愿意帮我复习？"

他的眼睛闪耀着。

"一百二十个愿意。"他说。

"那么，在复习以前，请我吃午饭，好不好？因为我饿了。"

他望着她，她那年轻的面庞上，满溢着青春的气息，那亮晶晶的眼睛里，绽放着温柔的光彩，那向上弯的嘴角，充满了俏皮的笑意。好一朵会笑的云！他跳了起来。

"岂止请你吃午饭，也可以请你吃晚饭！"

3

午后五点钟。

考完了最后一节课，宛露松了一口气，题目出得都很容易，看样子，这学校生涯，是到此结束了。以后，等着她去奋斗的，该是事业和前途吧！收拾好书本，她走出教室，同窗好友陈美盈和许绣嫦一左一右地走在她身边，正在争辩着婚姻和留学的问题。陈美盈认为现代的年轻人都往外边跑，只有到海外去"闯天下"才有前途，许绣嫦却是悲观论者，她不停地说：

"女孩子，闯什么鬼天下，我妈跟我说，世新毕业，也算混上了一个学历，找丈夫容易一点罢了。想想看，这世界也很现实，女孩子念到博士硕士，发神经病而回来的多得很，没有一个男人希望自己的太太超过自己！所以，正经八百，不如去找张长期饭票！"

"啧啧，"陈美盈直咂嘴，"你好有志气！才二十来岁，就急着要出嫁！你不想想，外面的世界那么大，我们连看都没看过，念书就念掉了十四五年，好不容易混毕业了，才正该享受我们的人生，你就急着往厨房里钻了。结婚是什么？结婚是女孩子的牢笼，从此成为烧锅煮饭、生儿育女的机器……"

"谁要你去烧锅煮饭、生儿育女？"许绣嫦说，"难道你不会找个有钱人嫁吗？"

"有钱人全是老头子！"陈美盈叫，"谁生下来就会有钱？等他赚到钱的时候，就已经七老八十了。至于公子哥那种人，我是碰都不要去碰的……"

"我懂了！"许绣嫦说，"你的留学梦，也不过是去找个博士嫁！"

"你懂？你根本不懂……"

"喂喂喂！"宛露忍无可忍地大叫了起来，"我觉得你们两个的辩论呵，叫做无聊透顶！"

"怎么了？"许绣嫦问，"你要干什么呢？"

"我也不去海外，我也不结婚！"她仰着头说，"我去当记者，一切未来的事都顺其自然！我从不认为自己有多伟大，一个平凡的人最好认清楚自己的平凡，我生来就不是能成大事立大业的那种人！我吗？我……"她笑了起来，仰头看天，"我是一片云。"

"你是一片云！"许绣嫦大叫，"你是个满脑子胡思乱想的小疯子！"

"哈！"宛露笑得更加放肆，"也可能！说这句话的并不止你一个！"

她们已经走到了学校门口，还在那儿吱吱喳喳地辩个不停，忽然间，有一阵汽车喇叭响，一辆"跑天下"驰了过来，停在她们的面前。同时，友岚的头伸出了车窗，扬着声音叫：

"宛露，我特地来接你！"

宛露望望友岚，笑了，回头对许绣嫦和陈美盈挥了挥手，她仓促地说：

"不跟你们乱聊了，我要走了！"

许绣嫦目送宛露钻进了友岚的车子，她愕然地对陈美盈说：

"看样子，会叫的狗不咬，会咬的狗不叫，她整天嘻嘻哈哈，跳跳蹦蹦，像个小孩子似的，却有男朋友开着汽车来接她！"

"或者，是她的哥哥！"陈美盈说。

"她哥哥我见过，在航空公司当职员，有什么能力买汽车？而且，哥哥会来接妹妹吗？少驴了！"

宛露可没听到这些话，她也不会在意这些话，一头钻进了车子里，坐在友岚的身边，友岚正预备发动车子，宛露却及时叫了一声：

"慢一点！"

"怎么？"

"看看车窗外面，"宛露笑嘻嘻地说，"刚刚在跟我说话的那两个女孩子，你看见了吗？"

"看到了，干吗？"

"看清楚了吗？"

友岚对那两个女孩再仔细看了一眼，狐疑地说：

"看清楚了，怎么样？"

"对哪一个有兴趣？我帮你介绍！"

友岚瞪了宛露一眼，"呼"的一声发动了车子，加足油门，车子像箭般射了出去。宛露因这突然的冲力，身子往后一倒，差点整个人滚倒在椅子里。她坐正身子，讶然地张大眼睛：

"你干吗？表示你买了车子神气吗，还是卖弄你的驾驶技术？"

"分期付款买一辆'跑天下'，没什么可神气，"友岚闷闷地说，"至于驾驶技术，更没必要在你面前卖弄。"

"呵，你在生气吗？"宛露天真地望着他，"谁惹你生气了，讲给我听听！是不是你又在为你那些工人抱不平，嫌老板太小气？"

友岚回过头来，深深地看了宛露一眼，他不由自主地叹了口气。

"宛露，"他低低地说，"你到底是怎么回事？"

"我？"宛露诧异地说，"我很好呀！"

友岚再看了宛露一眼，就闭紧嘴巴不说话，只是沉默地开着车子。宛露也不在乎，她的眼睛望着车窗外面，心情好得很，考完了，她只觉得"无试一身轻"。望着那向后飞驰的街道、商店和那些熙攘的人群，她心里又被欢愉充满了。不自主地，她开始轻声地哼着一支歌：

我是天空里的一片云，

偶尔投影在你的波心——

你不必讶异，

更无须欢喜——

在转瞬间消灭了踪影。

友岚燃起了一支烟，喷出一口烟雾，他的眼睛直直地望着车窗外面，静静地说：

"如果你要唱歌，能不能换一支？"

宛露惊奇地回过头来。

"哦，你不喜欢这支歌吗？我觉得它很好听。我告诉你，徐志摩写过那么多首诗，就这一首还有点味道。至于什么'别拧我，我疼！'简直会让我吐出来。这些名诗人，也不是每首都写得好的。好比，胡适有一首小诗，说是：'本想不相思，为怕相思苦，几番细思量，宁可相思苦。'我就不知道好在哪里？为什么宁可相思苦？人生应该及时行乐，干吗要'宁可'去苦呢？我就不懂这'宁可'两个字！怎么样都不懂！"

"假如——"友岚重重地喷着烟，"你无法不相思，又不愿'宁可相思苦'，你怎么办呢？"

"去争取呀！"宛露挑着眉毛说，"'宁可'两个字是认输，认输了还有什么话说？宁可相思苦！听起来好像蛮美的，想想就真没道理！"她再望向车窗外面，忽然大叫了起来，"喂喂，友岚，你到什么地方去？"

"到郊外。"

"干吗要到郊外？"

"找一个地方，去解决一下这'宁可'两个字！"

宛露张大眼睛，困惑地看着友岚。

"你在和我打哑谜吗？我不懂你的意思。"

"你懂的，宛露。"他平平静静地说，"你最大的武器，是用天真来伪装自己。你和我一样明白，你并不像你外表所表现的那么孩子气！即使你真是个孩子，现在也应该有个人来帮助你长大！"

她心里有些了解了，头脑里开始昏乱了起来。

"喂喂，"她乱七八糟地嚷着，"我不要长大，也不要任何人来帮助我长大！我就是我，我要维持我的本来面目，妈妈说的，我就是这个样子最好！你不要枉费工夫，我告诉你，一定是劳而无功的！喂喂，你听到没有？"

他把车子刹住，停在路边，这儿是开往淡水的公路，路边是两排木麻黄树，树的外面，就是一片青葱的秧田。郊外那凉爽而清幽的空气，拂面而来，夏季的风，吹散了她的头发。黄昏的晚霞，堆在遥远的天边，映红了天，映红了地，也映红了她的面颊。

"不要紧张，好吗？"他温柔地凝视着她，把手盖在她的手背上，"我并不要对你做什么，只因为你今天考完了，我也下班了，就接你到郊外去散散心，这并不值得大惊小怪，是不是？从小，我们就在一块儿玩的，那时候，你可不像现在这样畏首畏尾。"

"我畏首畏尾吗？"她生气地嚷，"你别看不起人，我从来就是天不怕，地不怕的！"

"那么，我们去郊外走走，然后去淡水吃海鲜。"

"妈妈会等我吃晚饭。"她有些软弱地说。

"你母亲那儿吗？我早就打电话告诉她了，我说我会请你在外面吃饭。"

"哦！"她低低地叽咕，"看样子，你早就有了预谋，你是——"她咬咬嘴唇，"相当阴险的！"

他再看了她一眼，微笑了一下，就发动了车子，往前面继续驶去。宛露倚着窗子，望着外面的树木和原野，开始闷闷地发起呆来。好一会儿，车子往前驰着，两个人都默默不语。可是，没多久，那窗外绚丽的彩霞，那一望无际的原野，那拂面而来的晚风，那光芒四射的落日……都又引起了她的兴致，不知不觉地，她又在唱歌了：

> 你我相逢在黑夜的海上，
> 你有你的，我有我的，方向，
> 你记得也好，
> 最好你忘掉，
> 在这交会时互放的光亮！

他皱了皱眉，不再打断她的兴致，他专心地开着车子，车子滑进了淡水市区。友岚把车子停在淡水市，和宛露一起下了车。时间还早，他们漫步穿过了市区，在淡水的郊外，有一大片的松林，松林里还有个木造的、古老的庙堂。他们走进了松林，四周静悄悄的，只有那傍晚的风，穿过树梢，发出如歌般的松籁。空气里飘荡着松叶和檀香的气息，是熏人欲醉的。然后，有一只蝉忽然鸣叫了起来，引起了一阵蝉鸣之声。宛露侧耳倾听，喜悦地笑了。

"知了！知了！"她说，"我小时候常问妈妈，到底知了知道些什么了！"

他凝视她，无法把目光从她那爱笑的脸庞上移开。

"记得很多很多年以前，我曾经捉了一只知了给你的事吗？"

她歪着头沉思，笑了，眼睛发亮。

"是的，我说要听它唱歌，你就捉了一只来，我把它关在一个小笼子里，可是，它却不再唱歌了，几天之后，它就死了。"笑容离开了她的嘴角，她低下头去，"我们曾经做过很残忍的事情，是不是？"

"每个孩子都会做类似的事。"他说，紧盯着她，"记得那些萤火虫吗？"

"啊！"她的脸色红润了，整个眼睛里都燃烧着光彩，抬起头来，她用发光的眼睛凝视着他，"啊！那些萤火虫！"她叫着，"那时候我们还用蚊帐，你和哥哥，你们捉了几百只萤火虫来，放在我的蚊帐里，叫我坐在里面，那些萤火虫一闪一闪的，飞来飞去，停在我的衣服上、头发上，像几千几百颗星星，你们叫我萤火公主。"

他眩惑地、一瞬也不瞬地盯着她。

"直到如今，"他哑声说，"我都没有忘记你那时候的样子。"他伸出手去，轻轻地捉住了她的一只手，她背靠在一棵松树上站着，开始心神恍惚起来。她的笑容凝在唇边，眼里有着抹被动的、不知所措的神情。

"哦，宛露！"他喘息着低喊，"别再和我捉迷藏吧，别再躲我吧，好不好？你知道，你在折磨我！"

"哦，"她惊惶地想后退，但那树干挡住了她，她紧张而结舌地说，"你……你是什么意思！"

"只有傻瓜才不知道我的意思！"他说，忽然间，用双手把她压在树干上，他温柔而激动地说，"我无法再等你长大，我已经等得太久太久了！"

然后，他的头一下子就俯了下来，在她还心慌意乱的当儿，他的嘴唇已紧贴在她的唇上了。她的心脏一阵狂跳，脑里一阵晕眩，她觉得不能呼吸，不能思想，不能动弹……但是，这一切都是在刹那之间的事，立即，她的感觉恢复了，第一个从脑中闪过的念头，就是一种莫名其妙的愤怒，她觉得被侮辱了，被欺侮了，被人占便宜了，举起手来，她连思考的余地都没有，就对着他的脸颊抽去了一掌，那耳光的声音清脆地响了起来，他一怔，猝然地放开了她。

"你欺侮人！"她大叫，"你有什么权力这样做？你欺侮人！"她踩脚，孩子气的泪水在眼眶里打转，"你占我便宜！你这坏蛋！你这流氓！我不要理你，我再也不要理你！"她转身就往松林外面冲去。

"宛露！"他叫了一声，一把拉住她，脸涨红了，呼吸沉重地鼓动了他的胸腔，他竭力在压制着自己，"我不是欺侮你，我不是占你便宜，如果我是欺侮你，我就不得好死！或者我操之过急，或者我表现得太激烈，但是，你但凡有一丁点感情，也该知道我对你的一片心！你又不是木头，不是岩石，你怎能看不出来，感觉不出来？我在你生日那天，就告诉过你……"

"我不要听！我不要听！"宛露挣扎开了他的掌握，逃避地用手蒙住了耳朵，"我不要听你的解释，我什么都不要听！"

"很好！"他咬牙说，涨红的脸变成苍白了，"我懂了，你并不是不了解感情，你只是心里没有我！"他重新抓住了她，眼睛里冒着火，他摇撼她的身子，受伤地叫着，"你说，是不是？你说！如果我很讨厌，你告诉我，你就让我死掉这条心！你说！你说！"

"我……"她挣扎着开了口，眼睛瞪得大大的，心里像一堆乱麻。她不知道自己是怎么回事，不知道该说什么，他那苍白的面庞，他那受伤的神情，他那热烈的、冒着火焰的眸子，在在都刺痛了她的心。童年的许多往事，又像风车般在她面前旋转了。唉唉！顾友岚，他曾是她的大朋友、大哥哥！她心里没有他吗？她心里真没有他吗？她糊涂了，她头昏了，她越来越迷茫了。挣扎着，她嗫嗫嚅嚅地说："我……我……我……"

他忽然用手蒙住了她的嘴，他的眼睛里有着惊惧与忍耐，他的喉咙沙哑：

"不，别说！我想我连听的勇气都没有。"他的手从她唇上滑了下来，他的声音软弱无力得像耳语："我道歉，宛露。对不起。不要告诉我什么，千万不要！让我仍然保存一线希望吧！或者，"他顿了顿，声音怆恻而凄苦，"我的机会并不比那个新闻记者差！我会等你，宛露，我永远会等你！"

宛露的眼睛睁得更大了，原来他知道孟樵！原来他了解她的一举一动！她瞪着他，好半天，无法说话，也无法移动，然后，她垂下了眼睑，像蚊子叫般轻哼了一句：

"我想回家。"

他凝视了她好一会儿，咬着牙，他忍耐地叹口气：

"好吧，我送你回家！"

没有吃海鲜，没有吃晚饭，甚至，没有再多说什么。在开车回台北的路上，他们两个都默然不语，都若有所思，都精神恍惚。宛露不再唱歌了，她失去了唱歌的情绪，只是这样一趟淡水之行，似乎把她身上某种属于童年的、属于天真的欢愉给偷走了。她无法分析自己的情绪，只能体会到一种莫名其妙的酸涩，正充盈在她的胸怀里。

车子回到台北，天已经完全黑了。台北市，早已是万家灯火。友岚低低地说了句：

"饭也不吃了吗？"

"不想吃！"

他偷眼看她，咬住嘴唇，和自己生着闷气。不吃就不吃，他加快了车速，风驰电掣地把她送到了家门口。

宛露跳下车来，按了门铃，回眼看友岚，他仍然坐在驾驶座上，呆呆地望着她出神。她心里不由自主地掠过一阵温柔而怜悯的情绪，她想说什么，可是，门开了。

兆培看到宛露，似乎吃了一惊，他立即说：

"你们不是预备玩到很晚才回来吗？"

友岚一句话都没说，一踩油门，他的车子冲走了。

宛露往屋子里走，兆培慌忙伸手拦住她。

"别进去，家里有客人！"

"有客人？"宛露没好气地说，"有客人关我什么事？有客人我就不能回家吗？哦——"她拉长声音，恍然大悟地站住了，"是玢玢的父母，来谈你们的婚事，对不对？这也用不着瞒我呀！"

甩甩头，她自顾自地冲进了屋子，完全没去注意兆培脸上尴尬的神情。

一走进客厅，她正好听到母亲在急促地说：

"许太太，咱们这事再谈吧，我女儿回来了。"

许太太？玢玢是姓李呀！她站住了，立即，她看到一个装扮十分入时的中年女子，和一个白发萧萧、大腹便便的老年绅士坐在客厅里。父母都坐在那儿陪着他们，不知道在谈什么，她一进去，就像变魔术似的，全体人都愣在那儿，呆望着她。

她不解地摸摸头发，看了看自己的衣服，似乎并没什么不得体之处呀，为什么大家都好像看到火星人出现了一般？她正错愕着，段立森及时开了口：

"宛露，这是许伯伯和许伯母。"

宛露对那老头和女人扫了一眼，马马虎虎地点了个头，含含糊糊地叫了声：

"许伯伯，许伯母！"

那许伯伯坐着没动，只笑着点了个头，许伯母却直跳了起来，一直走到她的身边，一下就抓住了她的手，把她从上到下地打量着。她被看得好不自在，也瞪着那许伯母看：一头烫得卷卷的头发，画得浓浓的眉毛，眼睛上画着眼线，却遮不住眼角的鱼尾纹，戴着假睫毛，涂着鲜红的口红……记忆中，家里从没有这一类型的客人！她皱紧眉头，想抽出自己的手，那许伯母却把她抓得更紧了。

"啊呀，她长得真漂亮，是不是？段太太，她实在是个美人坯子，是不是？五月二十的生日，她刚满二十岁，是不是？啊呀！"她转头对那个许伯伯说，"伯年，你瞧！她好可爱，是不是？"她的嘴唇哆嗦着，眼里有着激动的泪光。

这是从什么地方冒出来的冒失伯母！宛露用力把自己的手抽了回来，脸上一定带出了不豫之色，因为，父亲很快地开了口：

"宛露，你很累的样子，上楼去休息吧！"

她如逢大赦，最怕应付陌生客人，尤其这种"十三点"型，故作亲热状的女人！她应了一声，立即转身往楼上冲去，到了楼上，她依稀听到母亲在低低地、祈求似的说：

"许太太，咱们改天再谈吧，好不好？"

什么事会让母亲这样低声下气？她困惑地摇摇头，冲进了卧室，她无心再去想这位许伯母。站在镜子前面，她望着镜中的自己，心里迷迷糊糊地回忆着松林里的一幕。友岚，他竟取得了自己的初吻！初吻！她望着自己的嘴唇，忽然整个脸都发起烧来了。

4

　　孟樵每天早上醒来，睁开眼睛第一眼看到的，一定是墙上那张放大照片——父亲和母亲的合影。虽然这张照片已经有二十年以上的历史了，却依然清晰。他常会不自觉地对这张照片看上很久很久，照片里的母亲才二十几岁，那么年轻，那么漂亮，带着那样幸福而恬静的微笑。父亲呢？大家都说自己长得像父亲，几乎是父亲的再版。是的，父亲是英俊潇洒的，他们依偎在一块儿，实在是一对璧人！为什么老天会嫉妒这样一对恩爱的夫妻呢？为什么像父亲那么好的人，却会只活到二十八岁？每次，他一面对这张照片，就会否定"神"的存在，如果这世界上有神，这位"神"是太疏忽了，太残忍了。

　　这天早晨，他又对这张照片默默地凝视了好久，外面那间客厅兼餐厅里，母亲摆碗筷的声音在叮当作响。他倾听了一会儿，心里有根纤维，在那儿牵动着他的心脏。与母亲无关，这牵动的力量来自一个神秘的地方，强烈、有力，而带着股使人无法抗拒的魔力！他眼前浮起宛露的脸，那爱笑的嘴角，那清亮的眼睛，那调皮的神情和那天真坦率的语言！世间怎会有她那样的女孩？不知人间忧苦！欢乐、青春、喜悦，热情而敏锐！世间怎会有那样的女孩？他的心怦怦然地跳动，一种灵魂深处的渴望，像波涛般泛滥了起来。

翻转身子，他拿起床头的电话，开始拨着号码，那已经记得滚瓜烂熟了的号码。

"喂！"对方是个年轻男人的声音，"哪一位？"

"我姓孟，请段宛露小姐听电话！"

"宛露？"那男人似乎放下了听筒，却扬着声音大喊，"宛露！又是那姓孟的小子来电话，说你在还是不在？要不要我回掉他？"

这是什么话？他心里朦胧地想着，知道这准是宛露那鲁莽的哥哥！看样子，自己和宛露的交往并不怎么受支持。为什么呢？他想不明白。却听到一阵急促的脚步声，接着，是宛露那清脆的嗓音，在那么可爱地抗议着：

"哥！你少管我的闲事！快八点钟了，你还不去上班！"接着，听筒被拿起来了，宛露的声音传了过来，"喂！孟樵？"

"是的。"他的声音带着一股自己也不了解的迫切，"今天能见面吗？"

宛露似乎迟疑了一下。

"什么时间？"她的声音有点软弱。

"我整天要跑新闻，"他下意识地看看手表，"中午……

哦，中午不行，有个酒会必须参加，下午……下午又不行……"

"你在搞什么鬼？"宛露不满地说，"我并不是你的听众，你有时间的时候，我可不一定有时间！"

"晚上！"他急急地说，"我到报社交完稿子就没事了！晚上八点，我在雅叙等你！不见不散！"

"晚上八点吗？"宛露似乎在思索，在犹豫。同时，孟樵听到电话筒边，那位"哥哥"在鲁莽地大吼：

"宛露！你少开玩笑！晚上我们是约好了去华国的，你别拿人家顾友岚……"电话筒被蒙住了，他听不到下面的声音，一时间，孟樵焦躁了起来，那股迫切的感觉就更紧地捉住他了。他打床上坐起身子，握紧了听筒，在这一瞬间，他觉得自己今晚如果见不到她，就会死掉似的。他无法遏止这种疯狂般的冲动，就对听筒里叫了起来：

"宛露！我告诉你，今晚我一定要见你，有话和你谈！别找理由拒绝……"

"孟樵！"她打断了他，"不是我找理由，你约的时间不巧，我今晚真的有事……"

真的有事！去华国！没有舞伴不可能去华国！那莫名其妙的妒意已把他整个控制了。他喊了起来：

"晚上八点钟我在雅叙等你！你来也罢，不来也罢！反正我整个晚上不离开雅叙！"

说完，他不再等答案，就砰然一声挂断了电话。跳起身子，他换着衣服，嘴里叽里咕噜地诅咒，诅咒那横加干扰的"哥哥"，诅咒那莫名其妙的"舞伴"，诅咒那声光都是第一流的"华国"！刚换好衣服，他猛一抬头，发现母亲不知何时已推开了房门，含笑地站在房门口，安安静静地望着他。母亲那对锐利而解事的眸子，正带着种洞察一切的神情，一直注视到他内心深处去。

"怎么？樵樵，一清早就发脾气！"

樵樵！孟太太永远改不掉他自幼就被喊惯了的称呼。他皱皱眉头，心里的烦躁和不安还没有平息。孟太太走了进来，把手温和地压在他那结实而有力的胳膊上。母亲的手指纤柔修长，是一双很好的、标准的弹钢琴的手，就靠这双手，母亲独立撑持了这么多年，抚养他长大成人。亲恩如山重，母爱似海深！他迎视着孟太太的眼光，心里的焦躁不由自主就平息了好多。

"我告诉你，樵樵，"孟太太说，"对女孩子，不要操之过急，欲擒故纵这句话，听到过吗？"

"哦！"孟樵讶异地看着母亲，"妈，你怎么知道有个女孩子？"

孟太太含蓄地笑了，笑容里却隐藏不了一份淡淡的凄凉和哀愁。

"你父亲去世的时候，你才只有三岁，这么些年来，我们母子二人，相依为命。从小，你有什么事瞒得住我？自从三个月以前，你说撞着了个冒失鬼开始，就跟变了一个人似的。"她含笑凝视他，"那冒失鬼很可爱，是不是？"

他在母亲的注视下无法遁形。

"哦，妈！"他叹息地说，"她快把我弄疯了。"

"这么快吗？"孟太太惊愕地，"你们这一代年轻人真奇怪，谈恋爱也像驾喷射机似的。"

"恋爱吗？你错了！"孟樵懊恼地说，往外屋冲去，"如果是恋爱就好了！她像一条滑溜的鳝鱼，无论你怎么抓她，她都溜得出去。老实说，我和她之间，还什么都谈不上呢！"

他走到外屋，发现早餐已整齐地摆在桌上，本来，这个电话已经把他弄得神魂不定，根本没有胃口吃早餐，可是，看着那热腾腾的清粥，那自己最爱吃的榨菜炒肉丝，那油炸花生和皮蛋拌豆腐……他就不能不坐到桌边去。母亲要教中学，又收了学生补习钢琴，这么忙碌之下，仍然细心为他弄早餐，他怎么能忍心不吃？他知道，自己平常不在家吃饭的时候，母亲常常只吃几片烤面包就算了。自从他跑新闻以来，在家吃饭的时间是越来越少了，看着那一桌子的小菜，他忽然品味出母亲的寂寞。坐了下去，他拿起筷子。

"告诉我，"孟太太在他对面坐了下来，"那女孩叫什么名字？"

"段宛露。"

"她家里做什么的？"

"她爸爸是 × 大的教授，教中国文学。"

"听起来不坏嘛！"孟太太微笑地望着他，"她自己呢？还在念书吗？"

"毕业了，世界新专毕业的，学编辑采访，和我倒是同行。下月初就要去一家杂志社当记者。"

"唔，"孟太太点点头，深思地，"她一定很漂亮，很活跃，很会说话。”

“你怎么知道？”孟樵诧异地。

“别管我怎么知道，我说得对不对呢？”孟太太问。

“很对。”他由衷地佩服母亲的判断力。

“这样的女孩子是难缠的！”孟太太轻叹了一声，“樵樵，她会给你苦头吃的！可是，天下没有不苦的爱情，你去追寻吧！但是，樵樵，听我一句忠言……”

“妈？什么忠言？”他抬起头来。

“学聪明一点。”孟太太语重而心长，“对感情的事别太认真，要知道，自古以来，只有多情的人，才容易有遗恨。”

“妈！”孟樵一惊，“你怎么会说出这种话来？”

“对不起！”孟太太惊觉地，“我并不是要说不吉利的话，我只是——想起你父亲。”她惨然地、勉强地笑了笑，“去吧！我知道你要赶到机场去采访！”

孟樵凝视了母亲好一会儿，推开饭碗，他站起身来，走到孟太太身边，他用胳膊搂住母亲那瘦小的肩，给了她紧紧的一抱，就一语不发地转过身子，走出了大门。走了好远，他回过头来，看到母亲依然站在门口，目送着他。母亲那小小的身影，是瘦弱的、孤独的、寂寞的。

晚上八点钟，孟樵准时到了雅叙。

在固定的位子上坐了下来，他四面张望，没有宛露的影子，叫了一杯咖啡，他深深地靠在那高背的沙发椅中，不安地等待着。晚上的雅叙是热闹的，一对对的情侣，还有一些学生，一些谈生意的人，散坐在各处。那电子琴也不再孤独，一个穿着长礼服的女孩子，正坐在那儿弹奏着《乡村路》。有个三人的小乐队，弹着吉他，随着那琴声在抑扬顿挫地唱着。

孟樵点燃了一支烟，他很少抽烟，也没有烟瘾。只因为当记者，身上总习惯性地带着烟，以备敬客之用。现在，在这种不安的、等待的时光里，他觉得非抽一支烟不可。喷着烟雾，他的眼光一直扫向雅叙的门口，没有人，不是没有人，而是没有他等待的人。一支烟抽完了，他不自禁地又燃上了一支。那小乐队已开始在唱另一支歌：《黑与白》。

时间一分一秒地消逝，期待的情绪烧灼得他满心痛楚。她在哪儿？华国吗？家里吗？他想去打电话，却固执地按捺着自己。如果她今晚不来，一切可能也就结束了！他不能永远固执地去追一片云啊！可是，她如果不来，他会结束这段追逐吗？他真会吗？他眼前又浮起宛露的脸，那狡黠的、可爱的，具有几百种变化、几千种风情的女孩呀！他心中的痛楚在扩大、扩大、扩大……

九点了，她肯定不会再来了。他手边有个卷宗，里面是他采访用的稿纸，打开卷宗，他取出一沓稿纸，开始用笔在上面胡乱地涂着句子，脑子里是迷乱的，心灵上是苦恼的。她并没有什么了不起！他模糊地想着，她只是个年轻而慧黠的女孩，这种女孩车载斗量，满街都是！她只是比一般女孩活泼、洒脱，鲁莽而任性，这也不能算是优点，说不定正是缺点！但是，天哪！他用力地在稿纸上画了一道，把稿纸都穿破了。天哪！他就喜欢这个充满了缺点的女孩！他就喜欢！他满心满意满思想都是这个女孩，这个根本不在乎他的女孩！

"我完了！"他喃喃自语，"这是毫无道理的，这是无理性的，可是，从碰到她那一天起，我就完了。"

十点钟了。

他继续在稿纸上乱涂，已经不再期待了，只是任性地、固执地坐在那儿，机械化地涂抹着稿纸，稿纸上写满了一个名字：段宛露，段宛露，段宛露，段宛露……你是一个魔鬼，你是我命里的克星！

一片阴影忽然罩在他的头上，有个熟悉的声音，小小地、低低地、怯怯地说：

"我来了！"

他猛地抬起头来，几乎不敢相信自己的耳朵，更不敢相信自己的眼睛，宛露正亭亭玉立地站在他面前。墙上的火炬幽柔地照射着她，她换了装束，一件黑绸子的长袖衬衫，下面是一条红格子的曳地长裙，她薄施了脂粉，淡淡地画了眉，淡淡地涂了口红，眼睛乌黑乌黑的，睫毛又密又长，眼珠是水盈盈的。天哪！他抽了一口气，她好美好美！喜悦在他每个毛孔中奔窜，不信任的情绪从头到脚地笼罩着他，然后，那疯狂般的兴奋就鼓舞了他每根神经。他盯着她，一瞬也不瞬地。

"哦，你来了！"他茫然地重复着她的话。

她在他对面坐了下来。是因为她化了妆吗？是因为她换了打扮吗？她看来一点男孩子气都没有了，非但如此，她是女性的、娇怯的、无助的、迷惘的。她唇边那个笑容也是勉强的、虚弱的，带着抹难以解释的、可怜兮兮的味道。怎么了？她的神采飞扬呢？她的喜悦天真呢？她的活泼跋扈呢？这一刻的她，怎么像一个迷了路的小羔羊？她受了委屈吗？她发生了什么事情吗？

"你等了我很久了？"她问，声音仍然是低低的。

"是的。"他更深更深地凝视她，"你从什么地方来的？家里吗？"

她摇摇头。

"我这身打扮，像是在家里的样子吗？"她反问，几乎是悲哀地说了一句，"我是从华国来的。"

他一震，瞪着她，默然不语。

"让我告诉你一件事，"她说。侍者送来了咖啡，她就无意识地用小匙搅着咖啡，她的眼光注视着杯子，睫毛是低垂着的。"许多年许多年以前，我就认识一个男孩子，他的名字叫顾友岚。他是我的好朋友、大哥哥，你说他是我青梅竹马的男朋友，也未始不可。我们两家是世交，顾伯伯和顾伯母待我像待自己的女儿。"她顿了顿，望着杯子里冒的热气，"刚刚，我就和他在华国跳舞，另外还有我哥哥和他的女朋友，我们玩得好像很开心，也应该很开心，可是，我知道你在这儿。"她又停住了，慢慢地抬起睫毛来，黑蒙蒙的眼睛里带着一层雾气，"忽然间，我觉得很烦躁，很不安，我告诉他们，我去一下洗手间，就叫了辆计程车，一直到这儿来了。我想，现在，他们一定在翻天覆地地找我。"她悲哀地瞅着他，"你瞧，我是下决心不来的，却不知怎的，仍然来了。"

他迎视着她的目光，心脏在擂鼓般地跳动，伸过手去，他握住了她的手，他想说什么，却突然觉得自己十分笨拙，笨拙得无法开口，笨拙得不知道该说什么。她的眼光从他脸上移到那沓稿纸上，抽出手来，她去取那沓稿纸，出于本能，他用手按住那沓纸，她抬头凝视他，他松了手，叹口气，靠进椅背深处，让她去看那沓稿纸。

第一张，全是她的名字：段宛露，段宛露，段宛露，你是魔鬼，你是我命中的克星！

第二张，全写满了"一片云"：一片云，一片云，一片云，你飘向何方？你落向何方？你去向何方？

第三张，是一首小诗：

> 如果你是一片云，
> 我但愿是一阵风，
> 带引你漂洋过海，
> 挽着你飘向天空。
> 如果你是一片云，
> 我一定是一阵风，
> 托着你翻山越岭，
> 抱着你奔向彩虹！
> 如果你是一片云，
> 我当然是一阵风，
> 绕着你朝朝暮暮，
> 诉尽我心事重重！

如果你是一片云，

我只好是一阵风，

伴着你天涯海角，

追随你地远天穷！

她抬起头来，愣愣地望着他。他从她手里抢过那沓稿纸，眼底里有一份狼狈的热情，他粗鲁地说：

"够了，你不能让一个男人，在你面前毫无保留！"

她继续盯着他，她的眼睛发亮，面颊发光，那乌黑的眸子里，燃烧着一簇火焰。

"为什么？"她问。

"什么为什么？"他粗声粗气地。

"你为什么喜欢我？"

"因为……"他瞪着她，眼光无法从她的注视下移开，他费力地、挣扎地说，"因为……你像一片云。我从没有碰到过像你这样的女孩！"

"你知道吗？"她幽幽地说，"云是虚无缥缈的，你无法去抓住一片云的！"

"是吗？"他把她拉起来，"我们离开这儿。"

"到什么地方去？"

"出去走走，我已经在这儿坐了快三小时了。"

离开了雅叙，室外，一阵凉爽的、初秋的夜风迎面而来，空气里飘荡着一种不知名的花香。天边，挂着疏疏落落的星星，闪耀着璀璨的光芒。他挽住她，往忠孝东路的方向走去。

夜深了，街上只有几辆空计程车，飞快地驰过。她不知道他要带她到哪儿去，却被动地、无言地跟随着他。

不知不觉地，他们到了孙中山纪念馆，拾级而上，他们站在一根石柱的前面，她靠在石柱上，他仰头看着天空。

"帮我一个忙好吗？"他低低地说。

"什么？"

"不要再和你那位青梅竹马在一起。"

"你不觉得你要求得太过分吗？"

他沉默了片刻，眼光从层云深处收了回来，落在她脸上。

"那么，帮我另外一个忙好吗？"

"什么？"

"闭上你的眼睛！它太亮了。"

"为什么？"

"闭上它！只要几秒钟。"他命令地说。

她闭上了。于是，猝然间，她被拥进了他的怀里，他那灼热的嘴唇，迅速地捕捉了她的。她觉得一阵晕眩，似乎整个人都轻飘飘地飘了起来，像一片云，正往上升，往上升，往上升，一直升到好高好高的天空里。而他，是那阵微风，托着她，带着她，绕着她，抱着她，一起飞向一片彩色缤纷的彩虹里。她的手臂不知不觉地绕了过来，抱住他的脖子，抱得紧紧的。她的心在跳，她的思想在飘，她的人在化为虚无。

好一会儿，他抬起头来，她迷迷蒙蒙地睁开了眼睛，他的脸在月光下闪亮，眼珠像天际的两颗星光。他的呼吸沉重而急促。

"现在，你心里还有那个青梅竹马吗？"他问。

"哦！"她眩惑地低呼，"我怎么会认识了你？我的世界原来那么单纯，你把我的生活完全搅乱了！"

"你不知道，"他重重地叹息，"是你把我的生活完全搅乱了！哦，宛露！天知道，我从没有发现，我会有这么强烈的感情！宛露！"他重新拥住了她，把她的头紧压在自己的肩上，他的嘴唇贴着她的耳朵，"我不会放过你，宛露，不管你有没有青梅竹马，不管你是云还是星，我不会放过你！永远不会！"

依稀仿佛，有另一个男人对她说过：

"我会等你，宛露，我永远会等你！"

她甩了一下头，把那个男人甩掉了。她的手臂环抱住了他的腰，有生以来第一次，她全心全意陶醉在一种崭新的、梦似的情怀里。

5

　　"妈妈，"宛露站在穿衣镜的前面，张着手，她正在试穿一件段太太帮她买来的洋装，"我可不可以不去顾家吃晚饭，我有预感，这顿饭我一定会很拘束。"

　　"为什么呢？"段太太一边问着，一边用手捏紧那衣服的腰部，用大头针别起来做记号，"又是腰太大了，脱下来，我五分钟就给你改好。"

　　"我真的不想去，妈！"宛露脱下了洋装，换上一件衬衫和长裤，"我讨厌应酬！"

　　"和顾伯母吃饭是应酬吗？"段太太深深地看了女儿一眼，"顾家是看着你长大的！你两三岁的时候，我有事要出门，总把你托给顾伯母照顾，你在他们家里淘气闯祸也不知有多少次了，而现在，你居然怕到顾家去！为了什么？宛露，你的心事我了解，是为了友岚吗？"

　　"噢，妈妈！"宛露懊恼地喊了一声，坐在床沿上，用手指烦躁地拨弄着床栏上的一个小圆球，"我真烦，我真希望我从没有长大！"

段太太把手里的衣服放在椅背上，走过来，她用手搂住宛露的头，宛露顺势就把脸埋进她的怀里去了。

"妈妈，"她悄声说，"我告诉你一个秘密，你不可以生我气。"

段太太微微地痉挛了一下。

"宛露，我从来就没生过你的气。"

"妈妈，请你们不要再拉拢我和友岚，"她低语，"我和他之间不可能有发展。真的，他像我一个大哥哥，和兆培一样，我总不能去和兆培谈恋爱。"

段太太沉思着，她用手抚摸宛露那柔软的长发。

"是为了姓孟的那个记者吗？"她温和地问。

宛露微微一震。

"你怎么知道？"

"一个母亲，怎么可能不知道女儿的心事呢？"段太太微笑着说，推开宛露，审视着她那张漾着红晕的面庞，和她那醉意迷蒙的眼睛，"听我说，宛露。"她深刻地说，"只要你快乐，只要你幸福，我和你爸爸，不会勉强你做任何事，何况，爱情本身，是一件根本无法勉强的事情。不过，你必须去顾家吃饭，今天是顾伯母过生日，你在礼节上也应该去。"

"可是……可是……"宛露抓耳挠腮，一副烦恼而尴尬的样子。"可是什么？"段太太不解地。

"妈妈！"宛露忍无可忍地说，"友岚和我在怄气呢！我们已经两个礼拜没见面也没说话了！"

段太太望着女儿，点了点头。

"我知道。"

"你知道？"

"兆培说了，你和他跳了一半舞就溜了，友岚认为是奇耻大辱。"

"所以呀！"宛露皱着眉说，"你叫我去他家，多难堪呀！大家见了面怎么办呢？"

"我向你保证，"段太太微笑着说，"他绝不会继续给你难堪的，只要你去了，他就够高兴了。"她拿起椅背上的衣服，"我帮你改衣服去，你也梳梳头，打扮打扮，好吗？"她摇摇头，"跳一半舞就溜了，只有你才做得出这种事来！"

宛露目送母亲走出门的身影，她嘴中叽咕了几句自己也不知道是什么的话，就走到梳妆台前，胡乱地用刷子刷着头发，才刷了两下，楼下兆培的声音大叫着：

"宛露！电话！要不要我回掉他！"

准是孟樵打来的！这死兆培，鬼兆培，要命的兆培！他每次接到孟樵的电话都是这样乱吼，存心给孟樵难堪，他是标准的"保顾派"！她三步两步地冲下楼，一面跑，一面嚷着说：

"妈！我要在我房里装电话分机！"

"好呀！"兆培喊着，"要装，大家都装，每人屋里一个，你谈情说爱的时候我也可以加入！"

宛露狠狠地瞪了兆培一眼，握起电话，声音不知不觉就放得柔和了：

"喂？"

"喂！"对方的声音更柔和，"宛露，咱们讲和了，怎么样？我开车来接你们，好不好？"

天哪，原来是顾友岚！宛露就是有任何尴尬，也无法对这样温柔的语气摆出强硬态度，何况，上次从夜总会里溜走，总是自己对不起人家，而不是人家对不起自己。想到这儿，她心底就涌起了一股又是歉疚，又是不安的情绪，这情绪使她的声音低柔而甜蜜。

"不要，友岚！我们自己来，马上就来了。但是，"她调皮地咬咬嘴唇，"你还在生气吗？"

"生气？对你吗？"他叹了好长的一口气，"唉！宛露，我真希望我能一直气下去！你……唉！"他再叹气，"我拿你完全无可奈何，你快把我的男儿气概都磨光了！我想，我前辈子欠了你的债！"他顿了顿，"来吧，你们还在等什么？快来吧！"

挂断了电话，她一眼看到兆培正斜倚在沙发边望着她，脸上带着个似笑非笑的表情。她对他做了个鬼脸，嚷着说：

"你笑什么笑？"

"谁规定了我不可以笑？"兆培问。

"你的笑容里不怀好意！"宛露说，"你心里不知道在转什么鬼念头！"

"你要知道我心里的鬼念头吗？"兆培盯着宛露，"我在可怜友岚，假若你是我的女朋友，我早把你给开除了！像你这种女孩，碰到了就算倒霉！我就不懂，世界上怎么有像顾友岚这种死心眼的人！"

"你少发谬论了！"段立森走了过来，在儿子肩上按了一下，"你只会批评别人！上次你给玢玢打电话，我亲耳听到你左一句对不起，右一句行个礼，闹了好半天！"

"啊哈！"宛露鼓掌大笑，"原来你也有吃瘪的时候！我看你以后还在我面前神勇吗？"

"好了！"段太太拿着衣服走出来，"宛露，去换上衣服，我们走了！"

"一定要换衣服吗？"宛露握着那件洋装，"我觉得穿长裤最舒服！"

"到底，今天是顾伯母过生日呀！"段太太说，"穿得太随便，是件不礼貌的事情。"

宛露不再争辩，上了楼，她换了衣服。这是件黑色薄呢的洋装，只有袖口和领口，滚着一圈细细的小红边。经过母亲的修改，这衣服十分合身，镜子里的她亭亭玉立，纤腰一握，身材是苗条而修长的。她望着自己，那大而黑的眼睛，那薄薄的嘴唇和尖尖的下巴。脑子里忽然浮起一个女性的声音：

"段太太，她实在是个美人坯子，是不是？"

谁说过的话？记不得了。摇了摇头，她转过身子，跑到楼下去了。

半小时以后，他们已经全体到了顾家。

顾太太是第一个迎出来的，一看到宛露，她的眼睛就发亮了，直奔过来，她一把就把宛露拥进了怀里，从上到下地望着她，眼光里充满了由衷的眩惑与宠爱，她抬头对段太太说：

"慧中，你瞧这孩子，穿上洋装我都不认得了。时间真快，是不是？眼睛一眨，孩子们都大了！宛露已经完全是个小美人了。我总记得，她刚……"

段太太轻咳了一声，顾太太和她交换了一个眼神，仍然把自己的话说完：

"她刚出生的时候，瘦得像个小猫！是不是？慧中？那时候，不是我说你，宛露，"她拍着宛露的背脊，"你实在不怎么漂亮，头发也没有，成天只是哭，你妈抱着你啊，三天两头地跑医院，把医院的门槛都跑穿了。又是鱼肝油，又是葡萄糖……呵！宛露，带大你可真不简单，没看过比你更难带的孩子！但是，现在，居然长得这么漂亮，又这么健康了。"

宛露惊奇地看着母亲，笑着。

"妈，我小时候很丑呀？"

"你以为你现在就漂亮了吗？"兆培抢着说，"人家顾伯母和你客气两句，你就当了真了！你呀，直到现在，还是个丑丫头！"

"哥哥！"宛露大叫，"你以为你又漂亮了吗？你还不是个浑小子！"

"好了！"段立森说，"反正咱们的一对儿女都不怎么高明，一个是浑小子，一个是丑丫头！"

满屋子的人都笑开了。顾仰山走了过来，他和段立森是中学同学，又是大学同学，可以说是将近四十年的老朋友了。而且，他们还是棋友，两个人都爱下围棋，才坐下来没多久，顾仰山就把围棋盒捧了出来，对段立森说：

"杀一盘？"

"要杀就杀三盘，"段立森说，"而且要赌彩。"

"可以！"顾仰山豪放地说，"赌一百元一盘，先说明，你可不许悔子。"

"我悔子？"段立森不服气地，"你输了别怪人倒是真的，上次你输了，硬怪友岚打电话吵了你！"

"瞧，"顾太太说，"又杀上了。仰山，今天是我过生日呢！"

"得了，碧竹，"顾仰山对太太说，"过生日还不是个借口，主要是老朋友聚聚而已。而且，说真的，咱们这年龄啊，多过一个生日多老一岁，也没什么值得庆祝的了！还是下棋要紧！"

"嘻，道理还不少呢！"顾太太望着段太太，"慧中，下辈子咱们再嫁人，绝不能嫁棋迷！"

两位太太都笑了起来，两位先生却已经杀开了。

这儿，友岚望着宛露。

"宛露，上班上得如何？"

"很好呀！"宛露笑着说，"不过，本来把我派在采访部，现在把我调到编辑部去了。"

"为什么？"

"上班第一天，他们要我去采访一位女作家，我劈头第一句话就问她，你相不相信你自己所写的故事？她说相信，我就一本书一本书跟她辩论，访问了五个小时。那作家不太有风度，她打个电话给我们社长说，你派来的不是一个记者，是个雄辩家。我们社长把我叫去问话，我说，什么雄辩家，了不起是个雌辩家罢了！我们社长也笑了，他说我这脾气不能当记者，还是去编辑部看稿吧！所以，我就给调到编辑部了。"

友岚望着她，不能自已地微笑着。笑着，笑着，他的笑容凝住了。

"宛露，"他低声说，"别再玩上次不告而别的花样，好不好？即使我曾经有冒犯过你的地方，我也不是有意的，你犯不着报复我，是不是？"

宛露的脸红了。

"你完全误会了，"她坦率地说，"我这人不会记仇，也不会记恨，我从来没有要报复你。那天的不告而别吗？是因为……是因为……"她哼哼着，"我忽然想起一件很重要的事，非马上办不可。"

友岚死死地盯着她。

"到我房里来一下好吗？"他耳语着。

"不好。"她答得干脆。

"我要给你看一件东西。"

"不想看。"

兆培不知何时溜到了他们身边。

"友岚，你千万别给宛露看那样东西，"他神神秘秘地说，"宛露的胆子最小，尤其对于动物，她连小猫小狗都会怕，一只老鼠可以使她晕倒！所以，你养的那个东西，绝对不能给宛露看到！"

宛露狐疑地看看兆培，又看看友岚，好奇心立即被勾了起来了。她怀疑地说：

"友岚，你养了什么？"

"别告诉她！"兆培说。

"友岚，到底是什么？"宛露扬着头，讨好地看着友岚，"你告诉我，哥哥最坏，你别听他的！"

"不能说，友岚，"兆培说，"天机不可泄露！"

宛露望了望他们两个，把下巴抬高了。

"我知道了，你们在唬我，肯定友岚房里什么都没有！你们以为我是傻瓜呢！"

"怎么什么都没有！"兆培叫了起来，"一只猫头鹰！一只活的猫头鹰！可以站在你的肩膀上跟你说话，又不认生，又喜欢和人亲热，才可爱呢！"

宛露立即跳了起来，往里面就跑。友岚看了兆培一眼，兆培对他挤了挤眼睛，于是，友岚也跟着宛露跑进去了。

顾太太一直冷眼旁观着这一幕，这时，她注视着兆培，笑笑说：

"兆培，你是越来越淘气了。"

"顾伯母，"兆培笑嘻嘻地说，"友岚太死心眼，太老实，太不会玩花样，对付我妹妹这种人啊，一定要用点手腕才行！"

"好像你的手腕很好似的！"段太太笑望着儿子。

"最起码，我没让玢玢翻出我的手掌心！"

这儿，宛露一冲进友岚的房间，就发现上了大当。什么猫头鹰，房里连只小麻雀都没有。宛露四面张望了一下，反身就想往屋外跑，可是，友岚已经把房门关上了。背靠在门上，他定定地望着她。

"停一分钟！"他说。

"为什么要骗我？"她恼怒地，"哪儿有什么猫头鹰呢？我看你才是一只猫头鹰！又阴险，又狡猾！"

"并不是我说有猫头鹰吧？"友岚赔笑地说，"我从头到尾就没说过什么猫头鹰的话，这是你哥哥说的，你怎么也记在我的账上呢！"

"反正你们是一个鼻孔出气，两个都是坏蛋！"

"好吧！"友岚忍耐地说，"就算我是坏蛋！"他让开了房门，忽然间兴致消沉而神情沮丧，"你走吧！我没料到，只有猫头鹰才能把你吸引住，如果我知道的话，别说一只猫头鹰，十只我都养了。"

他的语气、他的神情、他的沮丧和消沉使她心中一紧，那股怜悯的、同情的情绪油然而生。她望着他，好一会儿，然后她走到他身边，轻声地说：

"你到底要给我看什么？"

"现在已经不重要了。"他摇了摇头，"不看也罢！"

她的眼睛里漾起一抹温柔的光彩，她把手轻轻地扶在他的手腕上。

"我要看！"她低声而固执地说。

他抬眼看她，在她那蓊水双瞳下昏乱了。

"哦，宛露！"他说，"总有一天，我会为你而死！"

"少胡说！我们又不拍电影，别背台词！"

他点点头，走到书桌旁边，他打开了抽屉，取出一本厚厚的剪贴簿。走回到宛露身边，他把那剪贴簿递在她手里。她有点诧异，有点惊奇，有点错愕。慢慢地，她翻开了封面，那米色的扉页上，有几行用美术体写出来的字：

本想不相思，

为怕相思苦，

几番细思量，

宁可相思苦！

她心中一跳，立刻想起到淡水去的路上，她和他讨论过这首小诗，当时自己对这"宁可"两个字，表示了强烈的反感。而他，为什么要写下这首小诗？抬起头来，她询问地望着他。他静静地说：

"我用了很久的时间，终于体会出'宁可'这两个字的深意了，当你得不到，又抛不开的时候，除了'宁可'，又能怎样？"

她垂下头，默默地翻开了那张扉页，于是，她惊愕地发现自己的一张照片，大约只有三四岁，光着脚丫，咧着大嘴，站在一棵美人蕉前面，丑极了。翻过这一页，又是一张照片，大约有五六岁了。再下去，是七八岁的……一页又一页，全是自己的照片，不知道他什么时候收集的，贴满了一本。大约到十五六岁时，照片没有了。想必，那时他已经去留学了，没机会再取得她的照片。她翻到最后一页，却赫然发现有两颗相并的红心，红心的当中，贴着两片已干枯的黄色花瓣。她愕然地抬起头来，瞪着他。

"记得吗？"他轻柔地说，"你过二十岁生日那天，我曾经从你头发上取下两片花瓣。金急雨！你说它是金急雨！对我而言，它倒像两滴相思雨！"

她闭了闭眼睛，蹙紧了眉头，合起那本册子，再扬起睫毛来的时候，她眼里已漾满了泪。

"友岚！"她轻轻地喊，声音里带着些震颤，"你不要这样子，你会把我弄哭。"

"你肯为我流泪吗？"他哑声说，用手托起了她的下巴，她那泪光莹然的眸子使他怦然心动了，他俯过头去，她立即闪开了。

"不要！友岚。"

他站住了，脸色发白。

"为了那个记者吗？"他问。

她恳求似的看了他一眼，这一眼里包含了千言万语。

"好，"他退开去，把那本册子收回到抽屉里，背对着她，他的声音冷静、清幽而坚决，"我不会灰心的，宛露！我会等着看这件事的结局！"

有人敲门，顾太太在外面喊着：

"吃饭了！宛露，友岚！有话吃完饭再谈！"

宛露很快地擦了擦眼睛，他们一起走出了房门。顾太太微笑地、探索地、研判地看了他们两个一眼，就用手亲热地挽着宛露的肩，温柔而宠爱地说：

"宛露，待会儿回去的时候，别忘了拿一件披肩，是我亲手为你钩的！你知道吗？你从一点点大的时候开始，就穿我为你打的毛衣了。不信，问你妈，是不是你从小就穿我打的毛衣？"

段太太笑着。

"岂止穿你打的毛衣！她出麻疹，还是你照顾的呢！"段太太说。

"所以啊，"顾太太怜惜地望着宛露，"慧中，你这个女儿应该有一半是我的！"

"别绕弯了，"段立森从他的围棋上抬起头来，"干脆给你做媳妇好了！"

"你说话算不算数呢？"顾太太瞅着他。

"爸！"宛露跺了一下脚。

"好了！好了！"顾太太慌忙说，"大家吃饭吧！仰山，不许再下棋了，再下我就生气了。"

"别忙，别忙，"顾仰山说，"我正在救这个角呢，我这个角是怎么丢的呢？"

"你再救角啊，"顾太太笑着说，"我们的肚子就都饿瘪了！"

一屋子的人都笑了起来。

6

下了班，走出××杂志社的大门，宛露向巷子口走去，一面走，一面心不在焉地张望着。因为孟樵已说好了来接她，请她去吃晚饭，她也已经打电话告诉母亲了。可是，巷口虽然行人如鲫，虽然车水马龙，却没看到孟樵的影子。站在巷口，她迟疑地、不安地、期待地四面看来看去。孟樵，你如果再不守时，我以后永远不要理你！她想着，不住地看手表，五分钟里，她起码看了三次手表，孟樵还是没出现。

一阵浓郁的香水味，混合着脂粉味，对她飘了过来，她下意识地对那香味的来源看过去，一眼接触到一张似曾相识的脸。一个中年的贵妇人，圆圆的眼睛，浓浓的眉毛，打扮得相当浓艳。她一定很有钱，宛露心里在模糊地想着，因为虽是初秋天气，她胳膊上已搭着一件咖啡色有狐皮领的薄呢大衣。这女人是谁？怎么如此面熟，她正在思索着，那女人已经趔趄着走到她面前来了。

"记得我吗？宛露？"那女人说。

宛露！她怎么知道她的名字？她睁大眼睛，绞尽脑汁地去思索，是的，她一定见过这女人，只是忘了在什么地方见过。

"哦，"她应着，坦率地望着她，"我不记得了，您是哪一位？"

"我到过你家，"那女人微笑着，不知怎的，她的笑容显得很虚弱、很单薄、很畏怯，还有种莫名其妙的紧张与神经质，"你忘了？我是许伯母，有一天晚上，我和我先生一起去你家拜访过。"

哦！她恍然大悟，那个神经兮兮，拉着她大呼小叫的女人！她早就没有去想过她，事实上，父母的朋友，除了几个熟客之外，她根本就无心接触，她总觉得那些朋友和自己属于两个时代、两个星球。当然，爸爸妈妈除外，爸爸妈妈是世界上最好的父母，最最开明，也最最解人的！可是，这位许伯母到底是何许人呢？

"许伯母！"她勉强地、出于礼貌地叫了一声，眼角仍然飘向街头，要命！孟樵死到哪儿去了？

"宛露。"那"许伯母"又来拉她的手了，她真不喜欢别人来拉自己的手。尤其，她实在无心去应付这个许伯母，她全心都在孟樵身上。"瞧！你这双小手白白净净的，好漂亮！"那许伯母竟对她的"手"大大研究起来了，"宛露，"她抬眼看她，声音里有点神经质的颤抖，"你在这家杂志社上班吗？"

"是的。"

"要上八小时吗？"

"是的。"

"工作苦不苦呀？"

"还好。"

"要不要我给你另外介绍一份工作，可以很轻松，待遇也很好，你许伯伯有好几家大公司，我让他给你安排一个好工作，不用上班的，好不好？"

"许伯母！"她又惊愕又诧异地，"天下哪有那么好的事？拿待遇而不上班？不！谢谢你，我很满意我现在的工作，我也不想换职业。"

"那么，"那许伯母有些焦躁，有些急迫，她仍然紧握着她的手，"到我家去玩玩，好不好？"

"现在吗？"她挑高了眉毛，"不行！我还有事呢！"她又想抽回自己的手。

"宛露，"那女人死拉住她，忽然有大发现似的说，"瞧瞧！这么漂亮的手指，连个戒指都没有！"她慌张地从自己手指上取下一个红宝石镶钻的戒指，就不由分说地往她手指上套去，"算许伯母给你的见面礼！上次在你家，我就想给你了，可是，你跑到楼上去了。漂亮的女孩子，就该有点装饰品。下次，我再给你买点别的……"

"喂喂，"宛露大惊失色了，她慌忙取下戒指，塞还她的手中，嘴里乱七八糟地嚷着，"这算怎么回事？许伯母，你怎么了？我干吗要收你的戒指？你……你……你这是干什么？

喂喂，许伯母，你别这样拉拉扯扯，我从来不收别人的礼物，你认得我妈，你当然知道我的家庭教育，我收了会给我妈骂死！喂喂，你干吗……"

她用力挣脱了许伯母的掌握，脸都涨红了。实在是莫名其妙！这女人八成有神经病！那许伯母握着戒指，僵在那儿了，她眼睛里浮起一丝凄苦的、几乎是祈求的表情：

"你妈不会骂你……"她幽幽地说，"只要你告诉你妈，是许伯母送的，她一定不会骂你……"

"不管妈会不会骂我，我都不能收！"她懊恼地嚷着，"好端端的，我凭哪一点来收你一份重礼……"

那许伯母还要说话，幸好，孟樵及时出现了，打破了这份僵局，他是连奔带跑蹿过来的，满头的汗，咧着张大嘴，一边笑，一边嚷，一边赔礼：

"对不起，宛露，我来晚了！你知道现在是下班时间，车子挤得要死！三班公共汽车都过站不停，我一气，就干脆跑步过来了！"

宛露乘机摆脱了那位"许伯母"。

"再见！许伯母，我有事先走了。"

她一把挽住孟樵，逃命似的往前面冲去，把那"许伯母"硬抛在身后了。孟樵仍然喘吁吁的，被她没头没脑地拉着跑，也不知道发生了什么大事，一连冲出去了好远，宛露才放慢了步子。也不说明是怎么回事，劈头就给了孟樵一顿大骂：

"你为什么要迟到？约好了时间，你凭什么不守时？要我站在路边等你，算什么名堂？你以为你好高贵、好神勇、好了不起吗？"

"喂喂，怎么了？宛露？"孟樵皱着眉说，"我不是一来就跟你道歉了吗？你要怪，只能怪我太穷，下次发年终奖金的时候，我一定买一辆摩托车，来去自如，免得挤公共汽车受闲气！"

"为什么不叫计程车？"她的声音缓和了。

"只有三站路，计程车不肯来，我有什么办法？"孟樵睁大了眼睛，瞪着她，一绺汗湿的头发贴在额上，那两道不驯的眉毛，在眉心习惯性地打着结，喘息未停，脸孔仍然跑得红红的。宛露看到他这副狼狈的样子，就忍不住又"扑哧"一声笑了。

"唉唉，"孟樵叹着气，"你是天底下最难伺候的女孩子，一会儿生气，一会儿又笑，我真拿你没办法！"

"难伺候，你就别伺候呀！"宛露噘着嘴说。

他站住了，看着她。她穿着件牛仔外套，牛仔裤，长发中分，直直地垂在肩上，一脸的调皮，一脸的倔强，那噘着的嘴是诱人的。那闪亮的眼睛，带着点儿薄嗔，带着点儿薄怒，是更诱人的。他又叹了口气。

"怎么净叹气呢？"她问。

"因为……因为……"他低低地说，"因为我想吻你。"

"现在吗？"她挑高了眉毛。

"是的。"

"你少胡闹了。"

他们正走到一栋新盖的大厦的屋檐下，那屋檐的阴影遮盖了他们。忽然间，他俯下头来，闪电般地在她唇边吻了一下。她吓了一大跳，慌张地说：

"你发疯吗？"

"我没办法，"他说，挽住了她，"我就是这脾气，想做什么，我就要做什么。而且，是你不好。"

"我怎么不好了？"她不解。

"你引诱我吻你。"

"我引诱你吗？"她惊叹而恼怒地，"你这人才莫名其妙哩！"

"怎么不是你引诱我？"孟樵热烈地盯着她，"你的眼睛水汪汪的，你的嘴唇红艳艳的，你的笑那么甜，你的声音那么好听，你的样子那么可爱，如果我不想吻你，除非我不是男人！"

"哎！"她惊叹着，"你……"她跺跺脚，"我真不知道怎么会遇到了你！"她又低声叽咕了一句，"都是那个皮球闯的祸！"

他挽紧了她，笑着。

"让我告诉你一件事，"他说，"我一生从没有感激一样东西，像感激那个皮球一样。如果不是怕别人骂我是疯子，我一定给那皮球立个长生牌位！"

她又笑了。

他盯着她。眼里又跳跃起热情的火焰。

"你真爱笑，你这样一笑，我就想吻你！"

"哎呀！别再来！"她拔腿就跑。

他追上了她，两人开始正正经经地往前走。

"刚刚那个女人是谁？"他想了起来，"和你在路上拉拉扯扯的！"

"是个神经病！"宛露皱着眉说，"我妈的朋友，什么许伯母，在街上碰到了，就硬要送我一个宝石戒指，天下哪有这种怪事？她准是家里太有钱了，没有地方用！真不知道我妈怎么会认识这种朋友。"

孟樵深深地凝视着她。

"你那位许伯母……"他慢吞吞地说，"有多大年纪了？"

"和我妈差不多大吧！那个许伯伯很老。"

"他们家里有——儿子吗？"

"我怎么知道他们家里有没有儿子！"宛露说，用脚把一块小石子踢得老远老远。

"不许踢石子！"他说。

"干吗？"

"万一砸在别人头上，说不定给我弄个情敌出来！"

宛露又要笑。

"你这人真是的！"她的眼珠闪闪发光，"你就是会逗我笑，然后又说我引诱你！"

"宛露，"孟樵把她的腰紧紧揽住，"听我说，那位许伯母，你最好敬而远之。"

"怎么呢？你也觉得她有神经病吗？"

"不。"孟樵更紧地揽住她，"我猜她有个儿子！我猜她在找儿媳妇，我猜是个一厢情愿的女人，我还猜她正在转我女朋友的念头！"

"哎呀！"宛露恍然大悟地说，"你这一说，倒有点像呢！怪不得一见我面就品头品脚的！不过，怎么有这么笨的人呢？这都什么时代了，她还准备来个父母之命、媒妁之言吗？我连她那个儿子是副什么尊容都不知道呢！"

"帮个忙好吗？"孟樵打鼻子里哼着说。

"什么事？"

"别再惹麻烦了！你有个青梅竹马已经弄得我神魂不定了，别再冒出一个媒妁之言来！"

宛露悄眼看他。

"你以为我喜欢惹麻烦吗？"她说，"麻烦都是自己找来的！"

"那么，"孟樵也悄眼看她，故作轻松地问，"你那个青梅竹马怎么样了？你们还来往吗？他对你死心了吗？他知道有我吗？"

宛露低头看着地上的红方砖，沉默了。

"为什么不说话？"

宛露抬起头来，正视着他，坦白地、严肃地说：

"他知道有你，可是，他并不准备放弃我！我家和他家是世交，要断绝来往是根本不可能的事！而且，他是个好人，不只是个好朋友，还是个好哥哥，我不能为了你和他绝交！这种理由无法成立！"

他凝视她，然后，低下头去，他急促地迈着步子。她跟在他身边，几乎跟不上他的脚步。他咬紧牙关，闷着头疾走，走了好长一段，他忽然站住了，一把抓住她的胳膊，他用冒火的、坚定的、阴鸷的眼光，深深地注视着她，斩钉截铁地说：

"这不行！"

"什么不行？"宛露天真地问。

"你要和他断绝来往！"他命令似的说，"我不能允许他的存在！我不能！宛露，你如果了解我，你如果看重我对你的这份感情，你要和他断绝来往！"

"孟樵！"她喊，"你怎么这样霸道？"

"是的！"他咬牙切齿地说，"我是霸道的！在感情上，我自私，我独占，我不允许有人和我分享你，你说我不通情理也罢，你说我没有理智也罢，反正，我不能允许你和他来往！"

"你不能允许！"她被触怒了，惊愕地望着他，"你有什么资格不允许？我交朋友，还要你的批准吗？"

"你要！"他暴躁地喊着，"因为你是我的！"

"谁说我是你的？"

"我说！"

他们站在人行道上，彼此都激动了，彼此都恼怒了，他们两人的眼睛里都冒着火，两人都涨红了脸，两人都呼吸急促，像一对竖着毛备战的斗鸡，都冷冷地凝视着对方。然后，宛露把长发往脑后一甩，转身就往后走，一面说：

"你是个不可理喻的暴君！"

他一伸手抓住了她。

"不许走！"他喊。

"为什么不许走？"她也喊，"你不过是我的一个朋友，你已经想操纵我所有的生活！你以为你是什么？是我的主宰，我的上帝吗？我告诉你，我这一辈子悠游自在得像一片云，我是不受拘束的，我是自由自在的！我受不了你这种暴君似的统治！我告诉你，没有人能约束我，没有人能统治我，没有人能管教我，你懂吗？懂吗？懂吗？"

"你喊完了没有？"他阴沉沉地问，把她拖到路边的无人之处，因为已有路人在注意他们了。

"喊完了！"

"那么，听我一句话！"他定定地望着她，眼光里带着烧灼般的热力，"我并不是要统治你，也不是要约束你，更不是要主宰你，我只是……"他停住了。

"只是什么？"她迷茫地问。

"爱你！"他冲口而出。

她站着不动，眼睛里逐渐涌上了一层泪雾，然后，她轻轻地摇了摇头，什么话都不再说，就慢慢地向他靠近。他立即伸出手去，很快地揽住了她的腰，把面颊倚在她那飘拂着细发的鬓边，他低语：

"宛露，别责备我，世界上没有不自私的爱情。"

"我懂了。"她低低地说，"请你多给我一点时间……"

"干什么？"

"让我学习被爱，学习爱人，也学习长大。"

他的心中一阵酸楚，用手指轻抚她的头发，他温柔地、歉然地说：

"对不起，宛露，我不该给你这么多负担。"

"或者，"她幽幽然地说，"爱情本身，就是有负担的。"

他用欣赏而困惑的眼光看她。

"你已经长大了。"他说。

她微笑了一下，偎紧了他。

"我饿了，"她悄声说，"我们去什么地方吃晚饭？"

"去我家！"

她惊跳了一下，脸发白了，身子僵了。

"我不去。"她说，"我最怕见长辈。"

"你一定要去。"他说，"我妈今天亲自下厨，给你做了好多菜，她急于要见你。宛露，你迟早要见我妈的，对不对？我告诉你，我妈是世界上最慈祥、最独立、最有深度、最刻苦耐劳，也最了解我的一位好母亲，她并不可怕，何况，她已经张开双手，等着来欢迎你了。"

"哦！"宛露眨了眨眼睛，"听你这么说，我反而更害怕了。"

"为什么？"

"我还没见到你母亲，但是，我最起码了解了一件事，你很崇拜你母亲。有本妇女杂志上报道过，恋母狂的男人绝不能交，因为他会要求女朋友像他的母亲，所以啊——"她拉长了声音，"你是个危险分子！"

孟樵笑了。

"你的谬论还真不少！别发怪议论了，我家也快到了。你立刻可以看到我母亲，是不是一位最有涵养、最有深度，而且，是最聪明的女人！"

孟家坐落在一个巷子里，是最早期的那种四楼公寓，他们家在第一层，是孟太太多年辛苦分期付款买来的房子。还没进门，宛露已经听到一阵熟练而优美的钢琴声，流泻在空气里，敲碎了这寂静的夜。宛露的音乐修养不高，除了一些流行歌曲和艺术歌曲之外，她对音乐是很外行的，尤其是什么钢琴协奏曲、小夜曲、幻想曲之类，她从来就没有把作者和曲子弄清楚过，只直觉地觉得，那钢琴的声音非常非常好听。

孟樵取出钥匙，开了房门，扬着声音喊了一句：

"妈，我们来了！"

钢琴声戛然而止，立刻，宛露面前出现了一个女人。宛露几乎觉得眼睛亮了一下，因为，这女人雍容的气度、高贵的气质、文雅的面貌，都使她大出意料。真没料到孟樵的母亲是这么儒雅而温文的。穿着件蓝色的长袖旗袍，梳着发髻，薄施脂粉，她淡雅大方，而笑脸迎人。

"哦，这就是宛露了！"她微笑地说，眼光很快地对宛露从上到下看了一眼，"我每天听樵樵谈你，谈得都熟了。快进来吧，等你们吃饭，把菜都等凉了呢！"

"妈，我们走回来的，所以晚了。"孟樵说，推了推宛露。宛露被这一推，才恍悟自己连人都没叫，红了脸，她慌忙点了个头，喊了声：

"孟伯母！"

"宛露，"孟太太大方地叫，把她拉到沙发边来，"让我看看你，真长得不错呢，比我想象的还漂亮！"

"你也比我想象的漂亮！"宛露心中一宽，就口无遮拦了起来，她笑着，天真地说，"我本来不敢来的，孟樵说你很威严，我最怕见威严的人，可是，你并不威严，你很漂亮，像你这么漂亮的女人，我真不相信你能独身二十几年！要是我，寂寞会要我发疯的！"

孟太太怔了一下，脸上的笑容僵了一秒钟。

"宛露，你在当记者吗？"

"在编辑部，我采访的第一天，就把人给得罪了，只好去编辑部。"

"为什么把人得罪了？"

"因为我不会说假话！"她把牛仔外套脱了下来，里面是件紧身的T恤。孟太太一瞬也不瞬地望着她，完全没有忽略她那发育匀称的身材，和那充满青春气息的面庞，以及她那对过分灵活的大眼睛。

"我们吃饭吧！"孟太太说，往厨房走去。

宛露趴在孟樵手腕上，悄声问：

"我需不需要帮你妈妈摆碗筷？"

她问的声音并不低，孟太太回过头来，正一眼看到宛露在对孟樵吐舌头，而孟樵在对她做鬼脸，她那年轻的面颊此时几乎贴在孟樵的肩上。

"哦，你不用帮我忙，"她淡淡地说，"我猜，你在家里，也是不做家务的。"

"你说对了！"宛露坦白地说，"我妈宠我宠得无法无天，什么事都不让我做！有时我也帮她摆碗筷，但是，我总是砸碎盘子，我妈就不要我动手了。"

孟太太勉强地笑了一下。

"你倒是有福之人，将来不知道谁有造化能娶你，像你这么娇贵，一定样样事情都不需要自己动手！这世界就是这样的，有福气的人别人伺候她，没福气的人就要伺候别人！"

一时间，宛露的脑筋有些迷糊，对于孟太太这几句话，她实在有些抓不着重心，她不知道孟太太是在称赞她还是在讽刺她，也不知道自己是不是说错了话。正在困惑之中，孟樵却跳了起来，有些紧张而不安地说：

"妈，我来帮你忙！"

"千万不要！千万不要！"孟太太把儿子直推到客厅去，"男孩子下厨房是没出息的事，何况，你还有个娇滴滴的客人呢！"

孟樵尴尬地退了回来，对宛露很快地使了一个眼色。宛露不解地用牙齿咬着手指甲，错愕地看着孟樵。孟樵对她再努了努嘴，她终于意会过来了，站起身子，她跑进了厨房。

"伯母！我来帮你！"她笑着说。

孟太太静静地瞅着她，眼光是凌厉而深刻的。

"你能帮什么忙呢？"她问，声音仍然温温柔柔的。

宛露失措地摩挲着双手。

"我不知道。"她迎视着孟太太的目光，忽然觉得自己像个在老师面前等待考试的小学生，而那老师却是个十分厉害的角色，"你告诉我，我可以做什么，我就做什么。"她无力地说。

"你可以做什么吗?"孟太太微笑着,笑得却并不很友善,"你可以坐到外面餐桌上去,等我开饭给你吃。你是富贵命,而我是劳碌命!"

"伯母!"宛露的声音微微颤抖了,"你……你是什么意思?"

"怎么了?"孟太太的微笑更加深了,"你是客人呀!我怎能让客人动手呢!何况,烧锅煮饭这些事,我已经做惯了。你别待在这儿,当心油烟熏了你,你还是出去吧!你在家都是娇生惯养的,怎能在我们家受罪呢?"

宛露凝视着孟太太,半晌,她转过身子,走进客厅,抓起椅背上自己那件外套,她往大门外就直冲出去。孟樵跳了起来,一直追过去,大喊着:

"宛露!你干吗?"

宛露回过头来,她眼睛里饱含泪水。

"我一向是个不太懂事的女孩,也是个粗枝大叶的女孩!"她咬着牙说,"不过我还了解一件事,当你不受欢迎的时候,你还是早走为妙!"转过身子,她直冲出去了。

"宛露!宛露!宛露!"孟樵大叫着追出去。

"樵樵!"孟太太及时喊了一句,孟樵回过头来,一眼接触到母亲的脸,微蹙着眉头,一脸的焦灼、困惑、迷茫与被伤害的痛楚。她委屈地说:"樵樵,我做错了什么?我怎么得罪她了?我一心一意要讨她的好,她怎么能这样拂袖而去?"

孟樵站在那儿,面对着母亲的泪眼凝注,他完全呆住了。

7

从报社下班回来，已经是午夜了。

孟樵疲惫、倦怠、颓丧而愁苦地回到家里。一整天，他试着和宛露联系，但是，早上，宛露在上班，电话被杂志社回掉了。"段小姐正在忙，没时间听电话！"下午，杂志社说："段小姐去排字房了。"黄昏，他干脆闯到杂志社去接她，却发现她提前下班了。整晚，他在报社写稿，又抽不出时间来，但是，他仍然打了两个电话到她家里，接电话的却偏偏是那个与他有仇似的哥哥。"我妹妹吗？陪男朋友出去玩了！"

陪男朋友出去玩了？能有什么男朋友呢？当然是那个青梅竹马了。他懊丧地摔掉了电话。整晚地心神恍惚，这算什么呢？如果是他和她吵了架，她生气还有点道理，可是，他们之间并没有吵架，得罪了她的，只是自己的母亲！而母亲又做错了什么？母亲已经百般要讨好于她了，不是吗？既没对她板过脸，也没说一句重话，不许她下厨，总是疼她而不是轻视她呀！她就这样拂袖而去了，就这样任性地一走了之？她算是什么？母亲的话对了，她只是个被宠坏了的孩子。孩子！他耳边又浮起宛露低柔的声音：

"请给我一点时间，让我学习被爱，学习爱人，也学习长大！"

唉！宛露！他由心底深处叹息。宛露！如果我能少爱你一点就好了。

取出钥匙，他开了房门，蹑手蹑脚地往屋里走去，他不想吵醒熟睡的母亲。多年以来，母亲总是习惯性地要一早就爬起来帮他弄早餐，不论他吃与不吃。自从到报社工作之后，他的生活多少有些日夜颠倒，因为报社上班总在夜里，下班后，有时还要写特稿到黎明。他无法控制自己起床的时间，但是，母亲是不管的，她总是固执地为他做早餐，有时他一觉到中午，起床后，他会发现母亲仍然痴痴地坐在早餐桌旁等他，一桌子凉了的菜，一屋子枯寂的冷清和一个坚忍而慈爱的母亲。这样一位慈母，宛露怎么能在三言两语之间，就毫无礼貌地掉头而去？宛露，宛露，她是太娇了，太野了，太任性了，太傲慢了，也太没有尊卑长幼之序了。可是，当初她吸引他的，不也就是她这份半疯半狂半娇半野吗？而现在，她这些吸引他的优点，竟也会成为破坏他们关系的缺点吗？

走进客厅，他仍然被这种种问题困扰着，客厅里没有亮灯，他摸到壁上的开关，把灯打开，猛然间，他吃了一惊，他发现母亲还没有睡，正坐在黑暗的沙发里，蜷缩在那儿，她那瘦瘦弱弱的身子，似乎不胜寒苦。被灯光闪了眼睛，她扬了扬睫毛，怔怔地望着儿子，唇边浮起一个软弱而无力的微笑。

"妈！"他惊愕地喊，"你怎么不去房间睡觉？"

"我在等你。"孟太太说，坐正了身子，肩上披着的一件毛衣就滑落了下来，她把毛衣拉过来，盖在膝上，她的眼光宠爱地、怜惜地，而且是歉然地望着孟樵，"孟樵，你和宛露讲和了吗？"

孟樵在母亲对面坐了下来，不由自主地燃起一支烟，喷出一口烟雾，他默默地摇了摇头。

"我至今想不明白，"他闷闷地说，"她到底在生什么气？"

"樵樵，"孟太太深思地望着儿子，她的眼光很温柔，也很清亮，"我想了一整天，为什么宛露一见到我就生气了，我想，一定是我有什么地方不好，总之，樵樵，对这件事情，我很抱歉。"

"妈！"孟樵惊慌失措了，"你怎么这样说呢？你已经仁至义尽了，都是宛露不懂事！"

"不，也不能全怪宛露。"孟太太心平气和地说，"你想，她有她的家庭教育，她是在父母和哥哥的宠爱下长大的，从小，她一定是被当成个公主一般养大的。咱们家太穷了，樵樵，从你父亲过世，我只能尽全力撑持这个破家，现在你做事了，我们也可以逐渐好转了……"

"妈！"孟樵开始烦躁了起来，重重地喷出一口烟，他不由自主地代宛露辩护，"宛露绝不是嫌贫爱富的女孩子，她父亲也只是个大学教授，住的房子还是公家配给的。她一点金钱观念都没有，许多时候，她还是个小孩子。您别看她二十多了，但孩子气得厉害！她所有的毛病，只在于不够成熟！"

孟太太凝视着儿子，半晌，才小心翼翼地说：

"你是不是她唯一的男朋友？"

孟樵一怔，在母亲面前，他无法撒谎。他想起那个"青梅竹马"，也想起那可能隐在幕后的"媒妁之言"。

"不。妈，我想不止我一个！"

"你瞧！问题的症结就在这里，"孟太太沉重地说，"你在认真，她在儿戏！"

"妈！"孟樵触电般震动了一下，"你不懂，不可能是这样，宛露她……她……"他用手抱住头，说不下去了。在这一刹那间，他觉得母亲的分析可能有道理。

"我并不是说宛露的坏话，"孟太太沉着而恳切地望着儿子，"我只是要提醒你一件事，现在的女孩子都不简单，我在女中教了二十年音乐，看女孩子看得太多了。十六七岁的女孩，已经懂得如何去同时操纵好几个男朋友。这些年来，电视和电影教坏了女孩子。"她顿了顿，又继续说，"宛露这孩子，我第一眼看到她，就觉得她不像外表表现得那么简单。你说她出身于书香门第，也算是大家闺秀，可是，你觉不觉得，她的举止动作、服装态度，以至于她的谈吐，都太轻浮了？"

"妈！"孟樵一惊，头就从手心里抬了出来，"她不是轻浮，她只是孩子气！她坦白天真，心无城府，想到什么就说什么，不管得体不得体，她就是这样子的！"

"这只是看你从哪一个角度去看，是不是？"孟太太深深地望着儿子，"你说她是轻浮也可以，你说她是孩子气也可以。不过，樵樵，你是真的在认真吗？"

"妈！"孟樵苦恼地喊了一声，不自觉地再燃上了一支烟，这份锥心的痛楚泄露了内心一切的言语，孟太太深深地叹息了一声。

"樵樵，她是个游戏人生的女孩子啊！她不可能对你专情，也不可能安定，更不可能做个贤妻良母！她生来就是那种满不在乎的个性，你怎能认真呢？你会为这份感情，付出太大的代价！"

是的，孟樵一个劲儿地吞云吐雾，心里却在朦胧地想着，是的，她不可能安定，不可能做个贤妻良母，她是一片云，她从一开始就说过：她是一片无拘无束的云！母亲毕竟是母亲，积累了多年看人的经验，她对宛露的评价并无大错！可是……可是……他忽然惊悸地抬起眼睛来，苦恼地、祈求地看着母亲：

"妈，别因为她这次的表现不好，就对她生出了反感！妈，你再给她机会，让她重新开始。你会发现，她也有许多优点、许多可爱的地方！你会喜欢她的，妈，你一定会喜欢她的！"

"问题不是我喜不喜欢她，是不是？"孟太太悲哀地说，"问题是她喜不喜欢我！这是什么时代了？难道婆婆还有权利选儿媳妇吗？只有儿媳妇有权利选婆婆！你不必费力说服我，樵樵！"她的眼神更悲哀了，带着份凄苦的、忧伤的、委曲求全的神情，她低低地说，"只要你高兴，只要你活得快乐，假若你非她不可，那么，再带她来，让我向她道歉吧！虽然我不知道我什么地方得罪了她！好吗？"她盯着儿子，"我跟她道歉，行吗？"

"噢，妈！"孟樵大叫了一声，冷汗从背脊上冒了出来，他注视着母亲，那辛劳了一辈子的母亲，"妈，请别这样说，千万别这样说！我会把她带来，我会让她向你道歉……"

"你做不到的，樵樵，她骄傲而高贵，"孟太太呻吟似的说，"她根本看不起我！"

"如果我做不到！"孟樵被激怒了，"我和她之间也就完了！"

于是，这天早晨，孟樵从黎明起，就死守在宛露的巷子口。七点多钟，宛露出来了，穿着件米色的套头毛衣，咖啡色的长裤，垂着一肩长发，背着一个牛仔布的手袋，她的样子仍然是潇潇洒洒的。她没有烦恼吗？她竟然不烦恼吗？在她那无拘无束的心怀里，他到底能占多大的分量？他一下子拦在她的面前。

"宛露！"他叫。

她站住了，抬眼看他。她的脸色有些憔悴，她的眼睛里闪着一抹倔强。

"你要干什么？"她问。

"和你谈一谈。"

"我现在要去上班，没时间跟你谈！"她冷冰冰地。

他抓住了她的手腕。

"你打电话去请一天假!"

"请假?"她睁大了眼睛,"你要敲掉我的饭碗吗?我为什么要请假?"

"因为我要和你谈话!"他固执地说。一夜无眠,使他的眼睛里布满了红丝,他的面容苍白而苦恼,"你去请假!宛露!"他死盯住她,低低地再加了两个字,"求你!"

她在他那强烈的、痛楚的热情下迷乱了。一句话也不再多说,她跟着他走向了电话亭,拨了杂志社的号码。

请好了假,她站在街边。

"我们去哪儿?"她问。

他想了想,伸手叫了一辆计程车。

"我们去阳明山森林公园。"

"这时候吗?"她问,"山上会冷死。"

"我不会让你冷死!"他简单地说,"只有这种地方,我们可以好好谈话而不受干扰。"

她不说话。坐进了计程车,她只是闷闷地用牙齿咬手指甲,她的手指甲早被啃得光秃秃的了。他偷眼看她,她的面色白皙,她的睫毛半扬着,她的眼光迷迷蒙蒙的,整个脸庞上,都有种困扰的、苦恼的、若有所思而无助的神情。这神情,和她往日的活泼愉快、飞扬跋扈,形成了一种鲜明的对比。那么,她也在烦恼了?那么,她也在痛苦了?那么,她心里不见得没有他了?他想着,不自禁地轻叹了一声,就伸手过去,紧握住她的手。

她微微震动了一下,目光仍然望着窗外,却并不抽回自己的手。

车子到了森林公园，他们下了车。这是早上，山上真的很冷，何况已经是秋天了。风吹在身上，带着砭骨的凉意，那些高大的松树，直入云中，四周冷清清的，连一个人影都没有。天空是阴沉沉的，厚而密的云层，堆积在松树的顶端，连天空的颜色都被遮住了。

孟樵脱下了自己的外套，披在宛露的肩上，宛露瑟缩地把衣服拉紧了一下，望了望他。

"你不冷吗？"她问。

"你在乎我冷不冷吗？"他反问。

宛露凝视着他，长长的睫毛在微微地颤动，只一会儿，那大大的眼睛里，就逐渐被泪水充满了。孟樵一惊，顿时把她拉进了怀里。

"不许哭！"他哑声说，"我受不了你哭！"他在她身边低语，"我们怎么了，宛露？我爱你爱得发疯，在这样的爱情底下，难道还会有阴影吗？我们怎么了？宛露，是什么事不对劲了？"

"你母亲！"她坦率地说。

他推开了她的身子，正视着她的眼睛。

"我母亲是个严母，也是个慈母，"他一字一字地说，"她绝对无意伤害你，如果她伤害了，也是无心的，你要懂事，你要长大，宛露。你看在我的份上，看在我们的爱情上，你别再闹别扭了。好不好，宛露？我母亲从不是个挑剔的女人，她心地善良而热心，只要你不乱发脾气，她会爱你的，宛露。"

宛露紧紧地望着他，仔细地听着他，她眼底有一抹倔强的固执。

"你听我说，"她的语气出奇冷静，"我确实比较幼稚，也确实不太成熟，但是，我对于自己是不是被爱是很敏感的。举例说，那位莫名其妙的许伯母，不管她的动机是什么，我知道她由衷地喜爱我。顾伯母，也就是顾友岚的母亲，她也喜欢我。我自己的妈，那不用说，她当然喜欢我。可是，孟樵，你的母亲，她一点也不喜欢我，非但不喜欢，甚至恨我。"

"胡扯！"孟樵烦躁地摇头，"你是被宠坏了。你遇到的什么许伯母、顾伯母，都是那种在感情上很夸张的人，我妈比较深沉，比较含蓄，你就误解她了。何况，不是我说你，到底我妈做错了什么，你居然会拂袖而去？"

宛露睁大了眼睛，她说不出孟太太到底做错了什么，说不出她当时那种被欺侮、被奚落、被冷淡的感觉。她无法向孟樵解释，完全无法解释。于是，她只是睁大了眼睛，怔怔地望着孟樵。

"你看！"孟樵胜利地说，"你也说不出来，是不是？你只是一时发了孩子脾气，对不对？我妈并没有对不起你的地方，对不对？"

宛露颓然地垂下了眼睑，从地上拾起了一把松针，她无意识地玩弄着那把松针，轻声地说：

"以前，我家养了一只母猫，它生了一窝小猫，那些小猫好可爱好可爱，有天，我想去抚摸那些小猫，你知道，"她抬眼看看他，"我并没有恶意，我只是爱那些小猫。可是，我的手刚碰到那小猫身上，那只母猫就对我竖起毛来，伸出爪子，狠狠地在我手背上抓了一把，我手上的血痕，治了一个月才好。"

孟樵凝视着她。

"你告诉我这个故事，是什么意思？"他问。

"你的母亲，"她低声说，"就使我想起那只母猫。她或许对我并没有恶意，但是，有一天，我很可能会被她抓伤。"

"咳！"他又好气又好笑，"你的想象力未免太丰富了。我告诉你，宛露！"他抓住她的手臂，望进她眼睛深处去，"你误会了我母亲！对于你的拂袖而去，我妈很伤心，她根本想不透怎么得罪了你。"

宛露的眼睛又睁大了。

"她知道的，孟樵，她完全知道的！"

"她不知道！"孟樵大声地、坚定地说，"可是，她是宽大而善良的，她会原谅你！"

"她会原谅我？"宛露的眉毛挑得好高好高，声音不由自主就尖锐了起来，"算了吧！我并不稀罕她原谅不原谅！受伤害的不是她，而是我，你懂吗？孟樵！你少糊涂！我不用她原谅，也不要她原谅，她没什么了不起……"

果然，她的反应完全在母亲预料之中！孟樵不能不佩服母亲的判断力，也由于这份佩服，他对宛露生出一份强烈的反感。

"宛露！"他恼怒地大叫。

宛露愕然地住了口。

"不许侮辱我母亲，你听到了吗？"他铁青着脸说，"她守寡二十几年，含辛茹苦地把我养大，在今天这个时代里，这种母亲几乎是找不到的，你懂吗？她辛苦了这大半辈子，并不是等我的女朋友来给她气受的，你懂吗？而且，无论如何，我们是晚辈，对父母该有起码的尊敬，你懂吗……"

宛露张大了嘴，眼珠滚圆滚圆地瞪着。

"我懂了。"她喃喃地说，转身向森林外面走去，"你需要娶一个木偶做太太，木偶的头上脚上手上全有绳子，绳子操纵在你母亲手里，拉一拉，动一动，准会皆大欢喜。你去找那个木偶吧！"

他伸手一把抓住了她。

"宛露！"他喊，声音里已充满了焦灼和绝望，"你帮个忙吧！"

她不由自主地站住了。

"你要我怎么帮忙？"她问。

"去我家，"他低语，"去向我妈道个歉。"

她僵在那儿了，嘴唇上失去了血色，面颊也变得惨白，只有那对乌黑乌黑的眸子，依然闪闪发光。

"去你家，去向你妈道歉？"她不信任似的问。

"是的，"他痛楚而渴切地说，"如果你爱我！"

她深深地望着他。

"爱情需要付出这么大的代价吗？包括牺牲我的自尊和骄傲？"

"有时是的，"他沉闷地说，"我现在也在牺牲我的自尊与骄傲，我在求你。"

她愣了几秒钟。

"我不去！"她简单地说。

"你一定要去！"他命令地。

"我绝不去！"

"你肯定了吗？"他闷声问。

"是的！"

"怎么也不去吗？"

"是的！我想不出我有道歉的理由！"

"仅仅为了我！"

"不行！"

他不再说话，放开了她，他退向一边，仰靠在一棵松树上面，他的眼光定定地、死死地、紧紧地望着她。有两小簇阴郁的火焰，在他的瞳仁里跳动。

"你知道，你这样做等于是一个宣判！"他说。

"什么宣判？"

"这就表示，我们之间就完了！"他低声说，声音里带着微微的颤抖。

她呆站着，看了他几秒钟，然后，她一甩头，那长发抛向脑后，她掉转身子，往松林外面跑去。他没有移动，只是痴痴地、傻傻地望着她的背影。在他心灵的深处，像是有一把刀，正深深地、深深地从他心脏上划过去。她跑了几步，忽然发现自己身上还披着他的外套，她站住了，不肯回头，她闷声地说：

"你过来！"

"干什么？"

"把你的外套拿走！"

他机械化地往她面前走了两步，忽然间，她回过头来了，她满脸都是泪水，满眼眶都是泪水，她的面颊涨红了，狠狠地跺了一下脚，她大叫着说：

"我倒了十八辈子霉才会碰到你！我为什么要碰到你？我本来生活得快快乐乐，无忧无虑，我有人爱有人疼，我为什么如此倒霉，要遇见你！"眼泪疯狂地滑下了她的面颊，她哽塞地扑进了他的怀里，"我输了！"她呜咽着说，"我跟你去向你母亲道歉！不是因为我错了，而是因为——"她挣扎地、昏乱地、卑屈地说，"我爱你！"

他闭上眼睛，觉得脑子里掠过一阵疯狂的喜悦的晕眩，然后，看到她那泪痕狼藉的脸，那怜惜的、歉疚的、痛楚的情绪就又一下子捉住了他。他俯下了头，心痛地、感激地把嘴唇紧压在她那苍白的唇上。

8

宛露再到孟家去，是三天后的一个晚上。

这天是孟樵休假的日子，他不需要去上班。事先，他和宛露已经研究了又研究，生怕这次见面再给彼此坏印象，宛露是有生以来第一次，这样刻意地装扮了自己。

晚饭后，宛露就取出了自己最正式也最文雅的一身服装，是母亲为庆祝她毕业做的，但她从未穿过。上身，是件嫩黄色软绸衬衫，下面系了一条同质料的长裙，只在腰上，绑了一个咖啡色的小蝴蝶结。长发仍然披垂，她却用腰间同样的丝带，把那不太听话的头发也微微地一束。揽镜自照，她几乎有些认不出自己，站在她身后，一直帮她系腰带、梳头发的母亲，似乎也同样紧张。

"宛露，那个孟樵，就值得你这样重视吗？"段太太有些担心地问，"如果他有个很挑剔的母亲，你将来的日子，是怎么也不会好过的。"

"他母亲并不挑剔，"她望着镜中的自己，不知道为什么，竟虚弱地代孟太太辩护着，"她是个很可怜的女人。妈，她不像你，你有爸爸疼着，有我和哥哥爱着，你一生几乎没有欠缺。该有的幸福，你全有了。可是，孟伯母，她二十五岁就守了寡，她一无所有，只有一个孟樵！"

段太太把宛露的身子转过来，仔细地审视着她的脸庞，和她那对黑蒙蒙的、深思的、略带忧愁的眸子。

"宛露，"她喃喃地说，"我不知道这对你是好还是不好，你长大了。"

"妈，人总是要长大的，有什么不好呢？"

"对很多人而言，成长是一件好事，可是，对你，"段太太怜惜地抚摸女儿的长发，"不见得。因为，你不像以前那样快乐了，这些日子以来，我眼看着你不能吃，不能睡，眼看着你消瘦下去。"

"妈，不会有那么严重。"宛露勉强地笑着，用充满了感情的眼光，注视着段太太，"妈妈，让我告诉你，"她低声地、清晰地、温柔如梦地说，"我虽然不能吃，不能睡，我虽然瘦了，可是，我并没有不快乐。我心里拥塞了太多东西，它们把我填得满满的，我很难解释，总之，妈妈，我不再狂言，说我不会恋爱了。"

段太太仔细地看着宛露。

"宛露，你不觉得你爱得太疯了吗？"

"妈，爱情本身不是就很疯的吗？"

"不一定。"段太太沉思地，"像我和你爸爸，我们从没有疯狂过，却像涓涓溪流，源远流长，永远不断。宛露，我希望你能像我，我希望你的感情是一条小河，潺湲而有诗意。不希望你的感情像一场大火，燃烧得天地变色。你和孟樵这段感情，不知怎的，总使我心惊肉跳。说真的，宛露，我真希望你选择的是友岚。"

宛露注视了母亲好一会儿。

"妈，你知道你的问题在哪儿吗？"

"我的问题？"段太太愣了一下。

"妈，你太爱我了。"宛露说，亲昵地用手揽住母亲的脖子，她的眼光温柔而解事，"你不知道该把我怎么办好，你也像我们家以前养的那只母猫。"

"怎么？"

"衔着小猫，到处去找安全的地方，好把小猫安顿下来。可是，跑来跑去，却找不到任何一个地方觉得是安全可靠的。"

段太太微笑了。

"可能，世界上每个母亲，都是很傻气的。"她说。

"妈，你不要傻气，"她吻了吻段太太的面颊，"听我说，妈。"她低语，"我爱孟樵，好爱好爱他。连我自己都不知道，为什么会这样。他不像友岚，友岚沉着细致，对了，就像你说的，像条小河。孟樵却狂热固执，像场大火。呵，妈妈，我不能符合你的要求，小河无法满足我满心的热情，我想，我需要燃烧。"

楼下有门铃响，段太太听了一下。

"是孟樵来接你了，下去吧。"

"不，等一下。"宛露说，"让他和爸爸谈一谈。既然我必须去通过他母亲那一关，他当然也应该通过我父亲这一关。"她微笑了一下，唇边又浮起了她一贯的调皮，"我希望爸爸好好地考他一考。"

"万一他考不及格呢？"段太太笑着问。

"哦，妈妈！"宛露目光如梦，"那你就太低估我的眼力了。他会及格的！"

段太太轻叹了一声。

"你对他那么有信心吗？"她凝视宛露，"我真不知道你的未来会怎么样。"

"你是天下最操心的妈妈！"

"比孟樵的妈妈还操心吗？"

笑容从宛露唇边消失，她重新站在镜子前面，呆呆地打量着自己。她一生似乎都没有像这个晚上这样，照这么多次的镜子。段太太愣愣地看着她，心里的隐忧在不断地扩大。半晌，她忍不住说：

"宛露，你为什么这样苍白？"

"我苍白吗？"她迷蒙地问。

"或者，你该搽一点胭脂。"

"哦，不。"她心慌意乱地说，"孟伯母是很守旧的人，她并不喜欢女孩子打扮得花枝招展！"

"也不喜欢女孩子活跃好动？"

"是的。孟樵说，她喜欢女孩子庄重文雅。"

段太太默然片刻。

"宛露，"她担心地摇摇头，"你会生活在两代的夹缝里。你从不是个庄重文雅的类型，你的优点就是洒脱不羁，你怎可能摆脱你原有的个性，去做另一个人？宛露，如果你是如此认真了，如此一往情深了，我觉得，我需要去找你那位孟伯母谈谈。"

"妈！"宛露惊悸地，"别太操之过急，好吗？"她再整理了一下衣服，披上一件金线与黑纱织成的披肩，这披肩是顾伯母送的。开始往门外走。"妈，我看起来端庄文雅吗？"

"你看来娇小怯弱。"段太太坦白地说，"你像只受惊的小鸟，我从没看过你这副样子。"

"哦。"她虚弱地笑笑，"你是天下最会宠人的母亲，你爱女心切，一天到晚就怕我会受委屈。"她回过身来，紧拥了母亲一下，"妈妈，"她低语，"祝福我吧！我觉得，今晚我很需要一些祝福！"

她翻转身子，翩翩然地飘下楼去了。段太太目送她的背影消失，忽然觉得双腿发软，她不由自主地在床沿上坐了下来，感到整个人都虚飘无力。她不知道坐了多久，模模糊糊地，听到大门开阖的声音，听到孟樵在和段立森道别的声音。然后，有人走上楼梯，她回过头去，段立森正拾级而上，看到了她，段立森走了进来。

"怎样？"她微蹙着眉毛问，"这孩子行吗？"

"孟樵吗？"段立森诚挚地说，"他是个非常优秀、非常杰出的孩子。"

段太太松了口气。

"比友岚呢？"她仍然问了一句。

"那是完全不同的两种类型，友岚比孟樵稳重，而孟樵却比友岚豪放。至于深度和才气的问题，没有长时间的接触，是很难下定论的。"他把手压在段太太肩上，"慧中，你少为这孩子操点心吧！"

"我能吗？"段太太望着丈夫，"她是我的女儿，不是吗？"

段立森凝视着太太，段太太眼中那份凄苦、担忧与心痛，使他完全呆住了。

室外，天气是凉意深深的。

宛露终于跟着孟樵，再度来到了孟家。

站在那大门口，宛露已不胜瑟缩，屋里，钢琴的声音仍然叮叮咚咚地流泻着，宛露听着那琴声，忽然不自禁地打了个寒战，就下意识地把披肩拉紧了一些。孟樵没有忽略她的震颤，他一面开门，一面问：

"你怎么了？冷吗？"

"不。"她低语，"你妈弹的琴。"

"她弹的琴怎么了？"

"她在弹徐志摩的那支《偶然》！"

"怎么了？"他不解地。

"我是天空里的一片云，"她轻声地念着，"偶尔投影在你的波心，你不必讶异，更无须欢喜，在转瞬间消灭了踪影！"

他停止了开门，紧盯着她。

"你也迷信吗？"他问。

"不是！"她抬头看了看天空，这是秋天的夜，天气很好，几点寒星，在遥远的天边，疏疏落落地散布着，"我在想，"她喃喃地说，"我常自比为一片云，希望不要是一片乌云才好！"

他揽住了她的肩，在她肩上紧握了一下。

"别这样泄气，成不成？"他深深地凝视她的眼睛，声音压低了，"我知道，我在勉强你做一件你非常不情愿的事情，我很抱歉，宛露。"

"只要你知道，我为什么会做就好了。"她闷声说。

"我知道，"他紧握着她的手，"我完全知道。"

门开了，他们走了进去。这种四楼公寓，楼下都有个附属的院子，他们穿过院子，往客厅走，孟太太显然听到了他们进门的声音，但并没有停止弹琴。走进了客厅，宛露拘束地、紧张地、被动地站在屋子中间，呆望着孟太太的背影，孟太太似乎正全神贯注在她的钢琴上，她的手指熟练地滑过了琴键，带出了一连串柔美的音符。一直等到一曲既终，弹完了最后一个音阶，她停止了，慢慢地阖上了琴盖，慢慢地回转身子，慢慢地抬起头来。

"哦，宛露，"她似笑非笑地望着她，"我以为，你不会再来我家了。"她的目光，很快地在她周身逡巡。

"伯母，"宛露低哼着，不自禁地低垂了睫毛，她的声音卑屈而低微，"我特地来向您道歉。"

"道歉？"孟太太微笑着，不解似的说，"有什么事需要道歉呢？"

"因为我上次很没风度，"宛露竭力想维持自己声音的平静，但是却已不自觉地带着震颤和泪音，"我不告而别了，我惹您生了气！"

"哦！宛露！"孟太太平静地喊了一声，那么平静，平静得像是什么事都没发生过。她走了过来，亲热地拉住宛露的手，把她牵到沙发上来，按住她，让她坐进沙发里，她一瞬也不瞬地盯着她。"你说什么话？我怎么会生你的气呢？只要你不生我的气就好了。"她抬头看了孟樵一眼，"樵樵，你发什么呆？宛露来我们家总是客，你连一杯茶都不倒吗？恐怕壶里没开水了，你烧点开水吧！"

"哦！我马上去烧！"孟樵立即应了一声，看到母亲对宛露的那份亲热劲儿，他已喜悦得不知所措了。没耽误一秒钟，他立即冲进厨房，嘴里不自觉地哼着歌儿。

"宛露，"孟太太由上到下地看着她，"今天怎么穿得这么正式？倒像是去夜总会似的。你这样艳光照人，真使我觉得家里太寒酸了。"

"伯母！"宛露喊了一声，双手拘束地放在裙褶里，她实在不知道该说些什么，只是下意识地挺直了背脊，提醒自己要"端庄文雅"。她肩上的披肩，就轻轻地滑到沙发上去了。

"好漂亮的披肩！"孟太太拾了起来，"手工钩的呢！你也会编织吗？"

"不，是一位伯母送的。"

"哦。"孟太太凝视她，"你父亲是×大的教授吗？"

"是的。"

"书香门第的孩子，"孟太太点着头，"一定有很好的家教了！你知道，宛露，樵樵是自幼没爹的孩子，他又实心眼儿，说穿了，是个又穷又傲的傻小子！你这么漂亮，这么会打扮，又这么被父母、伯母什么的宠大，我真怕咱们的樵樵配不上你呢！而且，听说，追求你的人有一大堆呢，是吗？"

"伯母！"宛露再喊了一声，无助地看着孟太太。于是，她立即在孟太太那带着笑意的眼光里，看出了第一次就曾伤害了她的那层敌意与奚落。一种自卫的本能，使她不自禁地挺起了背脊。"并没有一大堆人追我，只有一两个而已。我父母虽然宠我，家教还是很严的。"

"是吗？"孟太太笑得含蓄，"你知道，樵樵是我的独子，我爱之深，难免期之切。他一直严严谨谨，不大懂得交女朋友，第一个就碰到你，也算是他的运气！可是，他是个老实孩子，既不会用心机，也不会用手腕，他可不同于你那些脂粉堆中打滚打惯了的男朋友……"

"伯母！"宛露又开始不能平静了，她打断了孟太太，"您怎么知道我有什么脂粉堆中打滚的男朋友呢？"

"难道你没有吗？"孟太太又笑了，"我绝不相信樵樵是你唯一的男朋友！你们这一代的女孩子呵！"她叹口气，"我还不了解吗？男朋友少了，等于没面子！这也不能怪你，是不是？像你长得这么漂亮，又是很新潮的，很现代的，很洒脱的，天不怕地不怕的，你这种女孩子我见多了。说真的，宛露，我只怕樵樵没那么大的力量，能够让你安分下来！"

"伯母！"她惊喊，眉头紧紧地蹙了起来。在内心深处，那种被欺侮的感觉，就像潮水般泛滥开了。她竭力想压抑自己，这是孟樵的母亲，可能将来要成为她的婆婆，她不能任性，她不能生气，她不能鲁莽……否则，一切希望又要破灭。她似乎又回到了那寒风瑟瑟的森林公园里，面临"孟樵"与"道歉"的选择。她喘了口气，脸色一阵青一阵白，声音里带着委曲求全的哀切。"请你不要误会我，伯母，我从没有不安分过。"

"你有一对不安分的眼睛，你知道吗？"

"我——"她深抽了一口气，面对着孟太太那充满挑战与批判的眼光，听着她那似讥嘲又似讽刺的语气，她那倔强与骄傲的本能再也无法被压制，她冲口而出地说，"我还有一个不安分的鼻子，还有一张不安分的嘴巴！还有浑身十万八千个不安分的细胞，和数不清的不安分的头发！"

"咳！"孟太太冷笑了，"好一张利牙利嘴！我见你第一面就知道你不是个简单的女孩子！果然被我料到了！我的儿子健全优秀，我不会允许他走入歧途！你呢？你是个十足的小太妹！你实在不像个大学教授的女儿，你根本缺乏教养，从头到脚，都是轻浮与妖冶！"

"你——"宛露气急地站起身来，整个面孔都像雪一样白了。她正要说话，孟樵从厨房里笑嘻嘻地跑出来了，手里捧着一杯滚烫的热茶，嘴里稀里呼噜的，不住把那茶杯从左手换到右手，又从右手换到左手，他嚷着说：

"茶来了，茶来了！宛露，你的面子好大，妈从来不让我下厨房，为了你这大小姐要喝热茶啊，只好到厨房去烧水，谁知道啊，那水左也不滚，右也不滚，急死我了……"他把茶放在桌子上，一抬眼，他怔住了。宛露的脸色惨白，嘴唇毫无血色，她那美丽而乌黑的眸子，像只受伤的小豹般闪着阴郁的光焰，定定地望着母亲。他愕然地喊：

"宛露，你又怎么了？"

掉转头来，他困惑地去看母亲。孟太太一接触到儿子的眼光，脸色就不由自主地缓和了下来，对孟樵摇摇头，勉强地笑了笑。

"樵樵！"她安静地说，"我想，你在枉费工夫！"

"怎么？妈？你们又怎么了？"孟樵焦灼地问。

"樵樵！"孟太太的声音悲哀而疲倦，"你一直是个好儿子，你孝顺，也懂事，你就饶了我吧！你妈我老了，我实在没有能力去讨你女朋友的欢心！"

孟樵烦躁而懊恼地转向了宛露，急促地、责备地说：

"宛露！你到底是怎么了？你难道忘记了来的目的吗？你是来道歉的，不是吗？怎么又犯了老毛病……"

宛露一瞬也不瞬地看着孟樵，只觉得胸口堵塞，而浑身冰冷，她的手下意识地握紧了拳，握得指甲都陷进了肌肉里。她想说话，喉咙里却只是干噎着，一个字也吐不出来。而孟太太已靠进了沙发里，蜷缩着身子，不胜怯弱，也不胜凄凉地说：

"樵樵，你送宛露回家吧！我很抱歉，我想我和宛露之间，没有缘分！"

"宛露！"孟樵大急，他走过去，用力地抓住宛露，给了她一阵乱摇，"你说话呀！宛露！你为什么一而再，再而三地和妈作对！你为什么？为什么？为什么……"

宛露注视着孟樵，终于憋出一句话来：

"孟樵！现在不是你来对我说，我们之间完了，是我来对你说，我们之间完了。"

她握住了自己的披肩，慢吞吞地转身离去。孟樵死命地拉住了她，苍白着脸说：

"你把话说清楚了再走！你是什么意思？"

她站住了。

"你一生只能有一个女人，孟樵，"她幽幽然地说，"那就是你的母亲！你只有资格做孝子，没有资格交女朋友！别再抓住我，放我走！再不然，我会说出很难听的话来……"

"樵樵！"孟太太说，"如果你舍不得她，你就跟她一起走吧！反正你妈一生是孤独命，你的幸福比我的幸福更重要，你走吧！我还可以熬过去，我还能养活我自己……"

"妈！"孟樵大叫，放开了宛露，他扑向他的母亲，"你怎么能说这种话？你以为我是怎样的人？你以为我有了女朋友就不要母亲了吗？你……"

宛露看了他们母子一眼，一语不发地，转身就冲出那间屋子。到了街上，寒风扑面而来，她才发现自己满脸都是泪水。招手叫了一辆计程车，她直驰回家，心里只有一个疯狂的呼唤之声：妈妈！妈妈！从没有一个时刻，她像现在这样强烈地需要母亲！她要扑倒在母亲怀里，她要向母亲诉说，她要讲尽自己所受的侮辱与委屈，她要问母亲一句：在这世界上，什么是亲情？什么是爱情？什么是真理？什么是

"是"？什么是"非"？什么是母爱？什么是孝顺……

车子到了巷子口，她付了钱，跳下车子，直奔向家门。才到门口，她还来不及按门铃，就听到门内有一阵说话的声音，是母亲！本能地，她住了手，母亲的声音里有焦灼，有祈求，她显然是送客送到门口。为什么母亲的声音如此凄苦而无奈？她并不想偷听，但是，那声音却毫无保留地钻进了她的耳鼓：

"许太太！求求你别这么做！宛露生活得又幸福又快乐，你何忍破坏她整个世界？她无法接受这件事情的，她是我的女儿，我了解她……"

"段太太！"是那个许伯母，那个神经兮兮的许伯母！她在嘶声地叫唤着，"你别糊涂掉，她是我的女儿呀！我亲生的女儿呀！"

"可是，我已经养育了她二十多年！早知你今天要收回，你当初为什么要遗弃她？"

"我有什么办法？那时候我只是个小舞女，我养活不了她呀！她那没良心的爸爸又一走了之，我没办法呀！可是，我现在有钱了，嫁了个阔老公，我可以给她很舒服的生活，给她房子，给她珠宝……"

宛露的脑子里一阵轰然乱响，身子不知不觉地倒在那门铃上，门铃急促地响了起来，门开了。门里，是满面惊恐的段太太和段立森，另外，还有那个泪眼婆婆的"许伯母"，门外，却是面如白纸、身子摇摇欲坠的宛露。

9

时间不知道到底过去了多久，自从在大门口看到了那个"许伯母"，听到了母亲和她那段对白以后，她就觉得自己成了一个无主的游魂，一片飘荡无依的云，她无法集中自己的意识与思想，也无法分析自己的感情和心理，她昏乱了，也麻木了，无法动，也无法说话。

依稀仿佛，她听到是兆培把那位"许伯母"赶走了；依稀仿佛，是父亲和母亲把她搀进了卧室；依稀仿佛，父亲在试着对她解释什么；依稀仿佛，母亲握着她的手在流泪……但是，这些距离她都很遥远很遥远，她只是痴痴呆呆地坐在床沿上，痴痴呆呆地瞪视着书桌上的一盏小灯，痴痴呆呆地一任那思绪在漫无边际的天空飘荡与游移。

"宛露！宛露！"母亲摇动着她，不住口地呼唤着，"你说句话吧！随便说什么都好，你说出来吧！你心里怎么想，就说出来吧！"

她说不出来，因为，她甚至不知道自己心里怎么想。只有个朦胧的感觉，自己的世界已在今天这一个晚上之间，碎成了几千几万片。这种感觉，似乎并不仅仅包括自己的身世之谜，还包括了一些其他的东西，其他的痛楚，其他的伤害，其他的绝望……这所有的一切事情，怎会聚集在一个晚上发生？不，不，事实上，这一切一直都在酝酿，一直都在演变，只是，自己像个被蒙着眼睛的瞎子，什么都看不出来而已！

"宛露，"段立森背负着手，焦灼地在室内踱着步子，他是教书教惯了的人，说话总像在演讲，"我知道这件事对你而言，像一个晴天霹雳。但是，人生有很多事，都是你预料不到的，假如你不对这世界太苛求，你想想看，你并没有损失什么。爸爸妈妈以前爱你，现在还是爱你，以后一样爱你，你的出身没有关系，你永远是我们的女儿！你永远是我段立森的女儿……"

像闪电一般，宛露脑子里忽然闪过一句话，一句阴恻恻的、不怀好意的话：

"……你实在不像个大学教授的女儿！你根本缺乏教养，从头到脚，都是轻浮与妖冶！"

这句话一闪过去，她就不由自主地打了个冷战，同时，脑子里像有把钥匙，打开了那扇紧封着的门。她忽然能够思想了，能够感觉了，有了意识，也有了痛楚。她张开嘴来，终于喃喃地吐出一句话来：

"妈，我好冷。"

段太太立刻站起身子，取了一条毛毯，把她紧紧地裹住，可是，她开始发起抖来，她觉得有股冰冷的浪潮，正在她骨髓里和每个毛孔中奔窜。她努力想遏止这份颤抖，却完全无效。一直站在一边，皱着浓眉，凝视着她的兆培，很快地说了句：

"我去给她灌个热水袋来！"

她下意识地望了兆培一眼。哦，兆培，她心里朦胧地想着，他并不是她的哥哥！他才是段立森夫妇的儿子！她模糊地想起，自己第一次撞见那位"许伯母"的时候，兆培曾拦在门口，尴尬地想阻止自己进门，那么，兆培也早就知道了，她只是个被人遗弃的私生女！

"宛露！"段太太坐在她身边，把毛毯尽量地拉严密，一面用手环抱着她，徒劳地想弄热她那双冰冷的手，"宛露！"她的声音里含着泪，"这并不是世界末日，是不是？"她抚弄她的头发，触摸她的面颊，"哦，宛露，我不会放你走，我会更疼你，更爱你，我保证！宛露，你不要这样难过吧！你把我的五脏六腑都弄碎了。"

她想扑进母亲怀里，她想放声一哭。可是，不知道有什么东西阻止了她。她望着段太太，在几小时前，她还想滚进这女人的怀里，述说自己的委屈。而现在，她为什么变得遥远了？变得陌生了？她的母亲！这是她的母亲吗？不，那个神经兮兮的许伯母才是她的母亲！她抽了一口气，心神又恍惚了起来。

兆培跑回来了，他不只给她拿来了一个热水袋，还为她捧来一杯热腾腾的咖啡！从不知道鲁莽的兆培，也会如此细

心与体贴！兆培把热水袋放到她怀里，又把咖啡杯凑到她嘴边，他对她挑挑眉毛，勉强地装出一份嬉笑的脸孔来。

"好了，宛露，喝点热咖啡，你会发现精神好得多！我跟你说，天下没有什么解决不了的问题！也没有什么会让人痛苦得要死的事情！你把心放宽一点，不要去钻牛角尖，包你大事化小，小事化无！"

她瞪了兆培一眼。当然哩！她心里酸楚地想着，你尽可以在这儿说风凉话，反正事情没发生在你身上！反正你是段家名正言顺的儿子！她接触到兆培的目光，从没有发现，他的目光也可以如此温柔的。她垂下了眼睑，被动地喝了两口咖啡，那咖啡暖暖的香味一冲进她的鼻子，她就心神不由自主地一震，握住了杯子，一口气喝光了那杯咖啡。

"还要吗？"兆培温和地问。

她摇摇头，抱住热水袋，蜷坐在毛毯里，她忽然觉得自己有勇气，也必须要面对属于自己的"真实"面了。抬起头来，她看着段太太，颤抖停止了，寒冷亦消。

"告诉我，"她清晰地说，"别再瞒我了！我到底是从哪儿来的？"从哪儿来的？好小好小的时候，她也问过：妈妈，我是从哪儿来的？"哦，宛露，你是从玫瑰花芯里长出来的！"她酸涩地摇摇头。"妈！我要真相，你们必须告诉我真相！"

段太太深深地吸了口气，她抓住了宛露的手。她的目光坦白而坚决。

"好的，宛露，我告诉你一切真相。"她下定决心地说，"这些日子来，我也很痛苦，告诉了你，让你自己去做一个抉择，也是一个解决的办法。"她停了停，低头看着自己手里所握着的那只宛露的手，终于痛楚地抬起头来，直视着宛露，"是的，你不是我和你爸爸的女儿。二十年前，我们还没有搬到这儿来，那会儿住在和平东路，也是公家配给的房子，当时不兴公寓，还是栋有花园的日式小屋。那年，兆培五岁了，我很想要个女儿，可是，医生断定我不能再生育。我很想收养一个女孩子，就到处托人打听有没有新生的女婴。这样，大家都知道我想要个女孩，朋友们都帮我四处打听。然后，我记得清清楚楚，那天是六月二十二日，我习惯性一清早起床就去扫院子里的落叶，那时我们院子里有几棵竹子，总是落上一地的竹叶。忽然间，我听到大门外有婴儿的啼哭声，接着，有人急促地按了我的门铃。我打开大门，正好看到一个年轻的女人，如飞般跑走，而你，包在小棉被里，睁着一对炯炯有神的大眼睛，躺在咱家大门外的台阶上。"

段太太停了停，段立森轻叹了一口气。兆培却给母亲递上了一杯热茶。今天的兆培，怎么如此细心？

段太太啜了一口茶，宛露一瞬也不瞬地望着她。

"我当时心里已有了数。把你抱进了家里，才发现你又瘦又小又病又弱。解开了你的包袱，我发现在你胸前，放着一张纸条。"她抬眼看看段立森，"立森，你把那纸条拿来吧！"

段立森凝视着宛露。

"宛露，"段立森沉吟地说，"你要看吗？"

宛露坚决地点了点头。

段立森走出了屋子，片刻之后，他折了回来，手里握着一张颜色已经发黄的白报纸，慢慢地递给了宛露。宛露打开了纸，立刻看到一个像小学生般粗劣的字迹，极不通顺地写着几行字：

段先生、段太太：

　　我知道你们都是大好人，喜欢做好事，有个阿巴桑说你们想要个女孩子。我的女儿出生的日子是五月二十日，她的爸爸是坏人，不肯和我结婚，已经不见了。我才十九岁，妈妈不要我了，我只能当舞女。这个小孩有病，我养不起，送给你们。你们就算做好事，把她养大吧，菩萨会保佑你们。

就这么几行字，里面已经错字连篇，许多地方，还是用拼音写的。宛露抬起头来，看着段太太，心里像刀剜一般痛楚，她真希望自己从未看过这张纸条，为什么他们当初不烧掉这张纸条？段太太想把那纸条拿回去，可是，宛露死命握住了那张纸——那来自她的生母的笔迹。她该为这些字迹高兴，还是为这些字迹痛苦？这是她的喜悦，还是她的耻辱？

"宛露，"段立森深深地注视着她，"这就是你来到咱们家的经过，我至今还记得你那瘦瘦小小的样子，虽然已经满月，却只有层皮包着骨头，你妈和我，当时都很怀疑，不知道你是不是能平安地长大。我看你轻得像一滴露珠，想着你这小生命，怎可能如此不受重视？于是，我为你取名叫宛露，从此，你成了我们家的重心……"

"不是重心，"段太太打断了丈夫的话，"而是我们家的心肝宝贝，我们爱你，宠你，忙你……看你一天天胖起来，一天天红润起来，一天天结实起来，我们就欣喜如狂了。一年年过去，我们一年比一年更爱你。在我心中，未始没有隐忧，我一直害怕你的生母会突然出现，来向我要回你，可是，没有。这二十年来，我们也搬过好几次家，换过好几次地址，我早就放了心，认为再也不可能有人来找你了。可是，就在你二十岁生日之后没多久，那位许太太忽然冒出来了。"段太太深长地叹了口气，"起先，我真不肯承认这事，我想，她可能是来敲诈我的。但是，她哭了，哭着向我诉说，二十年来的悔恨，二十年来的追寻，她积蓄了二十年，嫁了一个比她大了二十几岁的、有钱的丈夫，因为，她要改善自己的处境，要回她二十年前遗弃了的女儿。"段太太再啜了一口茶，眼睛里浮漾着泪光。

"宛露，你今天晚上见到的这位许伯母，她确实是你的亲生母亲，为了证实这件事，她曾把当初那封信，也就是你手里握着的这张纸条，一字不漏地背给我听。宛露，"她凝视着女儿，"她并没受过多少教育，也没念过多少书，却背得一字不差，可见，这信在她内心深处，曾经怎样三番五次地背诵过。唉，宛露！"段太太眨了眨眼睛，那泪珠就再也无法在眼眶中停留，终于落在旗袍上，"我那么爱你，那么想要你，二十年来，你和兆培，都是我的命！我怎能让她把你抢回去？可是，我也矛盾，我也痛苦。因为她毕竟是你的生身母亲！她为了你，也挣扎过，努力过，不断追寻咱们家的踪迹。养母是母亲，生母难道不是母亲？养母都能如此爱你，生母更当如何？哦，天大的秘密，保存了二十年的秘密，现在是揭穿了。我知道你会痛苦，我知道你会伤心，但是，退一步想，我和你生母的争执，都在于爱你，别为了我们这份爱，而过于苛责你的生命！好吗？宛露？"

宛露仰着苍白的脸，望着段太太。她怎可能不是她的生母？她已经看进她的内心深处，知道她在怨恨自己的存在了！她怎可能不是她的生母？她痛楚地、颓然地、无助地把头埋进了弓起的膝盖里。心里在疯狂般地呐喊着：不！不！不！不！不！她不要这件事，她不信这件事！这是个荒乎其唐的噩梦，过一会儿，她会醒过来，发现整个事件都只是个噩梦，没有许伯母，没有许伯伯，没有自己手里紧握的那张纸条！

段立森走了过来，他把手轻轻地压在宛露那柔软的长发上，语重心长地说：

"宛露，既然秘密已经揭穿了，你也该用用你的理智和思想，好好地衡量一下这件事。我们养育了你二十年，绝不是对你的恩惠，因为你带给了我们太多的快乐，这份快乐，是千千万万的金钱也换不来的。与其说我们有恩于你，不如说你有恩于我们，你必须要了解这一点。至于你的生母，她虽然接受的教育不多，虽然流落风尘，对于你，她也竭尽全力。先帮你找了一个可靠的人家来养育你，又积下了金钱，嫁了阔丈夫，再说服了丈夫，一起来寻找你，她实在是也不容易！所以，宛露，你的生母现在条件改善了，也很需要你，你现在早已超过了成人年龄，你可以选择生母，也可以继续跟着我们，你有你自由的意志。现在，你一定很乱，但是，你必须冷静下来，冷静地考虑你的未来，以及你要做的选择！"

宛露的头抬起来了，忽然间，她觉得像是有山洪在她胸腔里暴发了一般，她觉得疯狂而恼怒，觉得整个的世界和她开了一个太大太大的玩笑。眼泪从她眼睛里涌了出来，迸流在整个面庞上。她的眼珠浸在水雾中，可是，却像火般在燃烧。她崩溃了，她昏乱了，她大声地、无法控制地、语无伦次地吼叫了起来：

"你们当初为什么不让我死在那台阶上？你们为什么要收养我？你们为什么要骗我二十年？你们有了哥哥，已经够了，为什么还要去弄一个养女来？现在，你们要我选择，我宁愿选择当初死掉！你们不该收留我，不该养大我，不该教育我……我恨你们！恨你们！恨你们！恨你们的仁慈，恨你们对我的爱……"

"天哪！"段太太站起身来，面孔雪白，身子摇摇欲坠。段立森立即跑过去，一把扶住了段太太。段太太泪眼婆娑地转向了丈夫。"天哪！"她说，"我们做错了什么？我们到底做错了什么？"

兆培一直在一边倾听，这时，他忽然忍无可忍地扑了过来，抓住宛露的手臂，他疯狂地摇撼着她，大喊着说：

"你疯了！宛露！你有什么权力责怪爸爸妈妈？只因为他们收养了你，教育了你，爱护了你！难道养育你反而成了罪过？你还有没有人心？有没有头脑？有没有思想？有没有感情？"

宛露被兆培的一阵摇撼摇醒了，睁大了眼睛，惊愕地张大了嘴，再也吐不出声音。兆培咽了一口口水，冷静了一下自己，他回头对父母说：

"爸爸，妈，你们下楼去坐一坐，我和宛露单独谈一谈！"

"兆培！"段立森不安地喊了一句，若有所思地望着儿子，"你……也要卷进这件事吗？"

"既是家里的一分子，发生了事情，就谁也逃不掉！"兆培说，稳重地望着父亲，"爸，你放心！"

"好吧！"段立森长叹了一声，挽住妻子往门口走去，"你们年轻人或许比较容易沟通，你们谈谈吧！"他疲倦地、沮丧地、不安地带着段太太走出了屋子。

兆培把房门关好，回到了宛露的面前，他平日的嘻嘻哈哈都已消失无踪，看起来严肃而沉着。拉了一把椅子，坐在宛露的对面，宛露自从被他乱摇了一阵之后，就像个石头雕像般呆坐在那儿，瞪大了眼睛，动也不动。

"宛露，"兆培深沉地说，"你不觉得，你对爸爸妈妈说的那些话，完全不公平吗？"

宛露终于抬起眼睛来，冷冷地看了他一眼。

"你不用对我说什么，"她的脸上毫无表情，"我也不想听你说，因为你根本不可能了解我今天的心情！"

"为什么？"

"你知道为什么！"她又大叫了起来，"你是他们的儿子，

117

你理所当然地享有他们的爱！你不必等到二十岁，来发现你是个弃儿！来面对生育之恩与养育之恩的选择，你幸福，你快乐……"

"别叫！"兆培哑声说，他的声音里有种巨大的力量，使她不自禁地停了口，"听我说，宛露，"他死盯着她的眼睛，一个字一个字地吐出来，声音低沉、有力，清晰。"妈妈自幼就有心脏病，她根本不可能生育，不只是你，也包括我！"

宛露愕然地抬起头来，张大了嘴。

"哥哥，"她嘶哑地、不信任地说，"你不必用这种方式来安慰我！"

"我不是安慰你，"兆培肯定地说，眼光定定地停在她脸上，"我十八岁那年，无意间发现了这个秘密。我看到一张医院的诊断书，妈妈不可能生育，我到医院求证过，然后，我直接问了爸爸，爸爸没有隐瞒我，我是从孤儿院里抱来的！"

宛露的眼睛睁得更大了。

"你不要以为我的地位比你高，宛露，我们是平等的。今天，你比我还幸运，因为你起码知道了你的生母是谁，而我呢？我的生父生母都不可考，我是被抛弃在孤儿院门口的！"

宛露一动也不动地盯着他。

"你知道我也痛苦过吗？但是，很快我就摆脱了这份痛苦，因为我体会出我的幸福。你刚刚说到生育之恩与养育之恩，你知不知道，生育是出于偶然，说得难听一点，很可能是男女偷欢之后的副产品，生而不养，不如不生！而养育，却必须付出最大的爱心与耐心！哪一个孩子，会不经哺育而长大！宛露，我想明白了之后，我心里只有爱，没有恨，爱我们的爸爸妈妈！因为，他们是真正爱我们才要我们的！不是为了追求一时的欢愉而生我们的！你懂了吗，宛露？"

宛露依然不说话，她整个人都呆了。

"从此，"兆培继续说，"我知道我是段立森的儿子！我再也不管其他，我以我的父母为骄傲，为快乐，我以我的家庭为光荣。虽然，我的生身父母很可能是流氓，是娼妓，我不管！我只知道一件事：我是段立森和吴慧中的儿子！今天，即使有个豪门巨富来认我，我也不认！我只认得我现在的爸爸妈妈！"

宛露的泪痕已干，她眼睛里闪着黑幽幽的光。

"好了，"兆培站起身来，"你去怪爸爸妈妈吧，去怪他们收留了你，去怪他们养育了你，去怪他们这些年来无条件地爱你！你去恨他们吧，怨他们吧！反正，你已经有了生母，恨完了，怨完了，你可以回到你生母身边去！反正，生育之恩与养育之恩里你只能选一样！"

宛露抛开了身上的毯子，丢下了那个热水袋，慢吞吞地站起身来。

"你要干什么？"兆培问。

"去楼下找爸爸妈妈。"她低语，走到了门口，她又回过头来，眼睛湿润地看着兆培。"哥哥，"她由衷地喊了一声，"我从来不知道，你是这样好的一个哥哥！"

"你更应该知道的，是我们有怎样一个家庭！"兆培说，"妈妈从没骗过我们，你是玫瑰花芯里长出来的，我是苹果树上摘下来的。"

宛露走出房门，沿阶下楼。段立森正和太太并肩坐在一张长沙发上，段立森在轻拍着太太的手背，无言地安慰着她。宛露笔直地走到他们面前，慢慢地跪倒在沙发前面，她一手拉住母亲，一手拉住父亲，把面颊埋进了段太太的衣服里。

"爸爸，妈妈，"她低语，"我爱你们，要你们，永远永远。你们是我唯一的父母，再也没有别人。"

10

顾友岚抬头望着那已建到六楼的美奂大厦，核对着自己手里的建筑图，工人们已排好了七楼顶的钢筋，在工程局派人来检查之前，他必须先鉴定一下工作是不是认真而完满，是不是符合要求。乘上室外那架临时电梯，他吊上了六楼的楼顶，爬在鹰架上，他和副工程师讨论着、研究着，也争辩着。安全第一，省钱是绝对不行的！他坚持他的原则，副工程师有副工程师的看法，两人讨论了好半天，那鹰架窄小危陡，他居高临下，望着楼下的工地和街头的人群。街对面，另一栋十四层的美伦大厦也已破土，这些年来，台湾的繁荣令人震惊，怎么有这么多人肯出钱买房子？

从鹰架上回到电梯，再从高空吊下来，他已经蹭了一身的尘土和那钢架上的铁锈。还好他穿的是一身牛仔衣，但双手上全是泥土，正要走往工地临时搭盖的办事处去，他被喊住了：

"友岚！"

他回头，兆培正靠在那工地的柱子上看着他。兆培不像平常那样充满生气和喜悦了，他脸上有某种沉重的、不安的表情，这使友岚有些迷惑了，他望着兆培：

"你特地来找我吗？"

"不找你找谁？"

"下班了？"他问。

"我今天是值早班，"兆培说，深思地望着友岚，"现在已经快五点钟了，你能不能下班？我有点事想和你谈一谈。"

友岚看了他两秒钟，立刻说：

"好，我洗个手，交代一声就来！"

友岚走出办事处。对兆培深深地看了一眼，他笑笑，在兆培背上敲了一记：

"你怎么了？失恋了吗？我看你那位李玢玢对你一往情深，应该是不会有问题的，除非是你的牛脾气发作，不懂得温柔体贴，把人给得罪了……"他们走到友岚的"跑天下"前面，开了车门，友岚说："进去吧！我们找一家咖啡馆坐坐。"

"不用去咖啡馆，"兆培坐进了车子，望着在驾驶座上的友岚，"我来找你，不是为了我的事情，而是为了你和宛露。"

友岚的脸色僵住了，他的眼睛直视着玻璃窗前面。

"什么意思？"他故作冷淡地问，"我听说她最近和那个新闻记者来往密切，难道他们吹了吗？"

"我不知道。"兆培说，"吹不吹我觉得都没关系，如果是我爱的女孩子，即使是别人的女朋友，我也会把她给抢过来。

不战而认输，反正不是我的哲学。"

友岚震动了一下，很快地掉头望着兆培。

"兆培，你话里带着刺呢!"他说。

"友岚，"兆培沉重地看着他，"宛露已经知道她的身世了。"

友岚吃了一惊，他盯着兆培。

"怎么会? 大家不是都瞒得很紧吗? 难道⋯⋯"他醒悟地，"那个母亲又找来了!"

"是的，昨天晚上发生的事，反正一切都穿帮了。宛露那个生母，你也知道，是不怎么高明的。宛露很受刺激，我从没看过她像昨晚那样痛苦，当时她似乎要发疯了，后来，我把我的身世也告诉了她，她才平静了。但是，友岚，我们全家都很担心她。"

"怎么呢?"

"她的世界一下子翻了一个身，她很难去接受这件事的。她和我不同，我到底是男孩子，一切都看得比较洒脱。宛露从小，你也知道，她表面虽然对什么都满不在乎，又心无城府。可是，实际上，她很敏感，又很骄傲。"

"我懂。"友岚说，"岂止是敏感和骄傲，她还很倔强，很好胜，很热情，又很容易受伤。"

兆培把手搭在友岚肩上。

"世界上不可能有另一个男人，比你更了解宛露。所以，你该明白，这件事对她的打击和影响有多重。如果她的生母不是个风尘女子，对她来说或许还好一点。现在，我们担心她以往的自尊与自傲已荡然无存了。友岚，"他凝视他，语重心长，"如果你还爱她，去帮帮她吧，她会需要你！"

友岚又震动了一下。

"她现在在家里吗？"他问。

"不，她上班去了。"兆培看看手表，"现在，她马上就要下班了。今天，大家都劝她请假，可是她坚持要上班，她早上走的时候，脸色苍白得像个病人。妈很不放心，我们都不知道该怎么办……"

"我懂了。"友岚简单明了地说，发动了汽车，"我们去杂志社接她。"

"慢点！"兆培说，打开车门，"你去，我不去！如果她肯跟你谈，不必急着把她送回家来，你可以请她吃晚饭，或者，带她去什么地方玩玩，散散心！"他跳下了车子。

"我想，"友岚关好车门，把头伸出车窗，对兆培说，"我会想办法治好她的忧郁症！"

"别太有把握！"

友岚的车子冲了出去，开往大街，他向敦化北路开去，心里被一份朦胧的怜惜与酸涩胀满了。他想着宛露，那爱笑的、无忧无虑的宛露，那跳跳蹦蹦、永远像个男孩一般的宛露，那稚气未除、童心未泯的宛露，那又调皮又淘气的宛露，那又惹人恨又惹人疼的宛露……她现在怎样了？突然揭穿的身世会带给她怎样的后果？噢，宛露，宛露，他心里低唤着：你是什么出身，有什么重要呢？别傻了！宛露，只要你是你！

车子停在杂志社门口，他等待着，燃起了一支烟，他看看手表，还不到下班时间，倚着车窗，不停地吞云吐雾，烟雾迷蒙在窗玻璃上。

杂志社下班了，三三五五的男女职员结伴而出。他紧紧地盯着那大门，然后，他看到了宛露。她低垂着头，慢吞吞地走出杂志社，手里抱着一沓卷宗。数日不见，她轻飘得像一片云，一片无所归依的云。她那长长的睫毛是低俯着的，嘴唇紧紧地闭着，她看起来心不在焉而失神落魄。

他打开车门，叫了一声：

"宛露！"

她似乎猛吃了一惊，慌张地抬起头来，像只受了惊吓的、迷失的小鸟。发现是他，她幽幽地透出一口气来：

"哦，是你！"她喃喃地说。

"上来吧！"他温柔地说，那怜惜的感觉在他胸中扩大。

她一语不发地坐进了车子，有股无所谓的、散漫的、迷惘的神情。怀里还紧抱着那沓卷宗，就好像一个寒冷的人紧抱着热水袋一般。他悄眼看她，从她手中取下了那沓稿件，放到后座去。她被动地让他拿走了手里的东西，双手就软软地垂在裙褶里了。她穿着件浅灰色的套头毛衣，深灰色的裙子……不再像个男孩子了，只是一抹灰色的、苍凉的影子。

他发动了车子，熄灭了烟蒂。

"我请你去大陆餐厅吃牛排。"他说。

她看了他一眼。没说话。

"你中午吃了什么？"他问。

她蹙蹙眉，轻轻地摇了一下头。

"你的意思不会是说，中午根本没吃饭吧？"他不自觉地提高了声音，带着责备的意味。

她仍然不说话。

"喂！"他忽然恼怒了，转头盯了她一眼，他大声说，"你还算个洒脱不羁的人吗？你还算是天不怕地不怕的吗？你还算是坚强自负的吗？你怎么如此无用？一点点打击就可以把你弄成这副怪样子？别让我轻视你，宛露，别让我骂你，你的出身与今天的你有什么关系？二十年前你无知无识，和一只小猫小狗没什么分别，今天的你，是个可爱的、优秀的、聪明的、快乐的女孩子！你犯得着为二十年前的事去伤心难过吗？你应该为今天的你骄傲自负才对！"

"你都知道了？"她低声问。

"知道你的出身吗？我一直就知道！从你被抱进段家就知道！不只我知道，爸爸知道，妈妈知道，我们全家都知道！但是，二十年来，我们轻视过你没有？在乎过这事没有？我们一样爱你疼你怜你宠你！没料到，你自己倒会为这事想不开！"

她闭紧了嘴，脸上有一份深思的表情。

车子开到了大陆餐厅。他带她走上了楼，坐定了，她仍然呆望着桌上的烛杯出神。友岚不理她，招来了侍者，他为自己叫了一客纽约牛排，然后问她：

"你吃什么？"

"随便。"

友岚转头对侍者："给这位小姐一客'随便'，不过，在随便里，多加点配料，我想，加客菲力牛排吧！另外，先给这位小姐一杯'Pink Lady'，给我一杯加冰块的白兰地。"

侍者含笑而去，宛露抬起眼睛来。

"我不会喝酒。"

"任何事都是从不会变成会的。"友岚盯着她，"你以前不会悲哀，现在你会悲哀；你以前不会烦恼，现在你会烦恼；你以前不会多愁善感，现在你会多愁善感；你以前不会恋爱，现在你也会恋爱！"

"恋爱？"她大大地震动了一下，"我和谁恋爱？"

"和我！"他冷静地说。

"和你？"她的眼睛睁大了，那生命的活力又飞进了她的眸子，她不知不觉地挑起了眉毛，瞪视着他，"我什么时候和你恋爱了？"

"你迟早要和我恋爱的！"他说，"十五年前我们扮家家酒，你就是我的新娘！以后，我们还要扮正式的家家酒，你仍然要做我的新娘！"

她的眼睛睁得更大了。

"你这么有自信吗？"她问。

他凝视她，然后，忽然间，他把手盖在她的手背上，他的眼光变得非常温柔了，温柔而深刻，细腻而专注，他紧紧地、一瞬也不瞬地望着她，低柔而诚恳地说：

"宛露，嫁给我吧！"

她的眼里蒙上了一层雾气。

"你在向我求婚？"她低低地问。

"是的。"

"你知不知道，你选了一个最坏的时刻。"她说。侍者送来了酒，她握着杯子，望着里面那粉红色的液体，以及那颗鲜红欲滴的樱桃。"我现在什么情绪都没有。"

"你可以慢慢考虑。"他说，用酒杯在她的杯子上碰了一下，"祝福你，宛露。"

"祝福我？"她凄苦地微笑了，"我有什么事情可以被祝福？因为我是个弃儿吗？因为我是个舞女的私生女吗？因为——我有双不安分的眼睛吗？"

"不安分的眼睛？"他莫名其妙地问，"这是句什么话？我实在听不懂。"

"你不用听懂它。"她摇摇头，啜了一口酒，眉头微蹙着。忽然间，她崩溃了，软弱了，用手支住了头，凄然地说："友岚，我怎么办？我该怎么办？"

"说出来！"他鼓励地，"把你心里想的事，都说出来！等你说出来了，会觉得舒服多了。"

"你看，友岚，"她说了，坦率地望着他，"二十年来，我把自己当成段立森的亲生女儿，一个大学教授的女儿，然后我受了大专的教育，无形地已经有了知识给我的优越感。忽然间，我发现自己只是个舞女的私生女，我的生父，很可能是个不学无术的登徒子。我极力告诉自己，就当这件事没发生过，像哥哥说的，养育之恩重于生育之恩。事实上，我爱爸爸妈妈，当然胜过那位'许伯母'。可是，在潜意识里，我也很同情我那位生母，那位寻找了我二十年的生母……"

友岚燃起了一支烟，烟蒂上的火光在他瞳仁里跳动。

"让我帮你说吧！"他静静地说，"你虽然同情你的生母，但也恨她。一来，她不该孕育你；二来，她不该遗弃你。假如你自始至终就是个舞女的女儿，不受教育，长大在风月场中，你还容易接受一点。或者，你现在会沦为一个酒家女，你也会安于做个酒家女。因为，你不会有现在这么多的智慧和知识，来产生对风尘女子的鄙视心理。就像左拉的小说，《小酒店》里那个绮尔维丝，生出来的女儿是娜娜，娜娜的命运也就注定了。你呢，你的父亲是名教授，你早已习惯这个事实，接受这个事实，甚至为此而骄傲，谁知，一夜之间，你成了娜娜了。"

宛露怔怔地望着友岚。

"你了解我的，是吗？"她感动地说，泪光在眼里闪烁，"你了解我的矛盾，你也能体会我的苦恼，是吗？"

"是的，还有你的自卑。"

"自卑！"她喃喃地念着这两个字，眼光迷迷蒙蒙地停驻在友岚的脸上，"你也知道，我变得自卑了。"

"我知道，"他深深点头，"童话里有灰姑娘变成皇后，你却觉得，你从皇后变成了灰姑娘！唉！"他长叹一声，靠进了沙发里，他的眼光，仍然深沉而恳切地看着她，"听我一句话，好吗？"

"好，我听你。"她被动而无助地说，像个迷失而听话的孩子。

"别再让这件事烦恼你，宛露！你内心的不平衡，是必然的现象，但是，宛露！"他拉长了声音，慢吞吞地说，"你的可爱，你的聪明，你的智慧，你的洒脱，你的一举一动，一言一语，甚至你的调皮和淘气，都不会因为你的身世而变质。何况，即使是舞女的女儿，也没什么可耻！舞女一样是人，一样有高尚的人格，你必须认清楚这点！再说，宛露，你是段立森的女儿，我爱你！你是舞女的女儿，我也爱你！你是贩夫走卒的女儿，我照样爱你！事实上，从小，我就知道你的身世，我何尝停止过爱你？所以，宛露，听我一句话，别再自卑，如果你知道你自己有多可爱，你就不会自卑了！"

宛露瞪视着友岚，泪珠在睫毛上轻颤。

"哦，友岚！"她低低地喊，"你在安慰我！"

"是吗？"友岚盯着她问，"我并不是从今天起开始追求你的吧！我是吗？"

宛露瞪视了他好一会儿，无言以答。他们彼此注视着，烛光在两人的眼光里跳动。然后，宛露终于把脸埋进了手心里，她的声音压抑地从掌心中飘了出来：

"友岚，你为什么要对我这样好？"

"我只希望，"友岚一语双关地说，"我对你的'好'，不会也变成你的负担！"

听出他话里的深意，她沉思了。

牛排送来了，香味弥漫在空气里，那热气腾腾的牛排，仍在哧哧作响。友岚对宛露笑了笑，再拍了拍她的手，温柔地说：

"你的'随便'来了。如果你肯帮我做一件事，我会非常非常感激你。"

"什么事？"她诧异地。

"把这个'随便'吃完！我不许你再瘦下去！"

她愕然地看着他。

"友岚，从什么时候起，你变得这么会说话？"

"我会说话吗？"友岚苦笑了一下，"我想，我绝不会和新闻记者一样会说话！"

宛露刚刚红润了一些的面颊，倏然又变白了。友岚迅速地接了一句：

"对不起，宛露。我并不是存心要说这句话，我想，嫉妒是人类的本能。好了，我们不谈这个，你快吃吧！"

宛露开始吃着牛排，半晌，她又抬起头来，求助地看着友岚。

"友岚，我该如何对待我那位生母呢？"

友岚沉思了一下。

"她已经有了丈夫，她也不缺钱用，你实在不欠她什么。宛露，生命又不是你自己要求的，她生而不养，是她欠你，不是你欠她。'天下无不是的父母'这句话，早就该修正了，如果你去儿童救济院看看，你就会发现，这世界上有多少不负责任的父母！"

"像哥哥说的，生而不育，不如不生！"

"对了！"友岚赞赏地，"兆培是过来人，他真能体会其中的道理。所以，宛露，别以为你欠了你生母的债，她应该自己反省一下，她所造的孽。万一你不是被段家收养，万一你冻死在那台阶上，她今天到何处去找你？是的，她现在也痛苦，但，这痛苦是她自己造成的。天作孽，尚可为；自作孽，不可活！"

"但是……"宛露放下了刀叉，出神地说，"她并没有这么高的智慧，来反省，来自责呀！"

他望着她。

"宛露，"他轻轻地、柔柔地、充满感情地说，"你太善良了！你像个天使。我告诉你吧，既然你放不下她，偶尔，就去看看她吧！这样对她而言，已经是太幸运了！"

宛露不再说话，只是慢吞吞地吃着那牛排。她脸上原有的那种凄恻与迷惘，已慢慢地消失了。当晚餐过后，她啜着咖啡，眼睛里已经重新有了光彩，她凝视着他的目光，是相当温柔的，相当细腻的，而且，几乎是充满了感激与温情的。

他们一直坐到餐厅打烊，才站起身来离去。上了车，他直驶往她的家里，车子到了门口，停住了。他才握住她的手，诚挚地问：

"嫁我吗？宛露？"

她闪动着睫毛，心里掠过一阵莫名其妙的痛楚。

"哦，友岚，"她低语，"你要给我时间考虑。"

"好的，"他点点头，"别考虑太久，要知道，每一分钟的等待，对我都是一万个折磨。"他把头俯向她，睫毛几乎碰着她的睫毛，鼻子几乎碰着她的鼻子，"我可以吻你吗？宛露？"他低问，"我不想再挨你一个耳光。"

她心里掠过一阵挣扎，然后，她闪电般地在他唇上轻触了一下，就慌张地打开了车门，飞快地跳下了车子，仓促地说：

"不用送我进去了，你走吧！"

友岚叹了口气，摇摇头，发动了车子。

宛露目送他的车子走远了，才转过身来，预备按门铃。可是，忽然间，她呆了！在门边的一根电杆木上，有个高高的人影，正斜靠在那儿，双手抱在胸前，眼光炯炯然地盯着她，那眼光，如此阴鸷，如此狂热，如此凶猛，如此闪亮……使她心脏一下子就跳到了喉咙口。

"你好，宛露！"他阴沉沉地说，"你知道我在这儿站了多久？整整七小时！以致没有错过你和那家伙的亲热镜头！"

"孟樵！"她喃喃地叫，头晕而目眩，"你饶了我吧！你放了我吧！"

"我饶了你？我放了你？"他低哼着，一把握住她的手腕，用力把她拉进了怀里，他的眼光凶猛而狂暴，他的声音里带着暴风雨般的气息，"你是一片云，是吗？你可以飘向任何一个人的怀里，是吗？"他咬牙切齿，"我真恨你，我真气你，我真想永远不理你……可是，"他的目光软化了，他的声音骤然充满了悲哀、热情与绝望，"我竟然不能不爱你！"

他的嘴唇猝然压住了她的，带着狂暴的热烈的需求，辗转地从她唇上辗过。他的身子紧紧地搂着她，那强而有力的胳膊，似乎要把她勒成两半。半晌，他喘息地抬起头来，灼灼然地盯着她。

"何苦？宛露？"他凄然地说，"何苦让我受这么多罪？

这么多痛苦？宛露！我们明明相爱，为什么要彼此折磨？"他把她搂得更紧，"你知道吗？你的每个细胞，每根纤维，都在告诉我一件事，你爱我！"

宛露绝望地闭上了眼睛，崩溃地低喊：

"孟樵！我简直要发疯了！你们这所有所有的人，你们要把我逼疯了！"

II

宛露坐在书桌前面，呆呆地注视着桌上的台灯，默默地出着神。桌上，有一沓空白的稿笺，她想写点什么。提起笔来，她想着以前的自己，过二十岁生日的自己！她在纸上下意识地写着：

我是一片云，

天空是我家，

朝迎旭日升，

暮送夕阳下！

我是一片云，

自在又潇洒，

身随魂梦飞，

来去无牵挂！

多大的气魄！朝迎旭日升，暮送夕阳下！多么无拘无束，身随魂梦飞，来去无牵挂，而今日的她呢？她再写：

我是一片云．
轻风吹我衣，
飘来又飘去，
何处留踪迹？
我是一片云，
终日无休息，
有梦从何寄？
倦游何所栖？

写完，她丢下笔。咳！我是一片云！多么潇洒，多么悠游自在，多么高高在上，多么飘逸不群！我是一片云！曾几何时，这片云竟成了绝大的讽刺！云的家在何方？云的窝在何处？云来云往，可曾停驻？我是一片云！一片无所归依的云！一片孤独的云，一片寒冷的云，一片寂寞的云，也是一片倦游的云！她把额头抵在稿纸上，泪水慢慢地浸湿了稿笺。

楼下，玢玢和兆培在有说有笑，玢玢那轻柔的笑语声，软绵绵地荡漾在室内。幸运的玢玢！没有家庭的烦恼，没有爱情的烦恼，没有身世的烦恼！一心一意地跟着兆培，准备做段家的新妇！而她呢？是走向"情"之所系的孟樵，还是走向"理"之所归的友岚？或者，剪掉长发，遁入荒山，家也空空，爱也空空，何不潇潇洒洒地一起丢下，去当一片名副其实的"云"？于是，她心里朦胧地浮起在《红楼梦》中所读到的那阕《寄生草》：

> 漫揾英雄泪，相离处士家。
>
> 谢慈悲，剃度在莲台下。
>
> 没缘法，转眼分离乍。
>
> 赤条条，来去无牵挂。
>
> 那里讨，烟蓑雨笠卷单行？
>
> 一任俺，芒鞋破钵随缘化！

她心里凄楚地反复地读着这些句子：没缘法，转眼分离乍，赤条条，来去无牵挂！越想越空，越想越心灰意冷。

有门铃的声音，她没有移动身子，门铃与她无关，全世界都与她无关，她但愿自己能"赤条条，来去无牵挂"！连那个"芒鞋破钵"都可以省了。她模模糊糊地想着，却听到脚步声到了房门口，那从小听熟了的脚步声：母亲！母亲？她的母亲是那个许伯母啊！

段太太敲了敲门，走进屋来，一眼看到宛露的头靠在桌上，还以为宛露睡着了。轻步走近了她身边，段太太俯头凝视她，才发现宛露正大大地睁着眼睛，稿纸上的字迹，早被泪水弄得模糊不清。

"宛露，"她低低地叫，用手抚摸着她的头发，"怎么又伤心了？你答应过妈妈，不再伤心难过的！"

"我没事！"宛露抬起头来，很快地用袖子擦了擦眼角的泪痕。天很冷了，她穿着件枣红色的小棉袄，立即，那缎面的衣袖上，就被泪水浸湿了一大片。

"宛露，有人找你！"段太太说，深思地望着宛露。

"哦，是友岚吗？"她问。

"不，是孟樵。"

宛露打了个寒战，什么爱也空空，恨也空空，人的世界又回到面前来了。孟樵，可恶的孟樵！阴魂不散的孟樵！纠缠不清的孟樵！永远饶不掉她的孟樵！她吸了口气：

"妈，你告诉他，我不在家吧！"

段太太深深地望着女儿。

"宛露！你并不是真的要拒绝他，是吗？你想他，是不是？而且，你是爱他的！"她用手怜惜地捧起宛露那憔悴而消瘦的下巴，"去吧！宛露，去和他谈谈！去和他散散步，甚至于……"段太太眼里含了泪，"如果你要哭，也去他怀里哭一哭，总比你这样闷在屋子里好！"

"妈，"宛露幽幽地说，"你不是希望我和友岚好吗？你不是喜欢友岚胜过孟樵吗？"

"不，宛露。我只希望你幸福，我不管你跟谁好，不管你嫁给谁，我只要你幸福。"

"你认为，孟樵会给我幸福吗？"

"我不知道。"段太太迷惘地说，"我只知道，你真正爱的是孟樵，而不是友岚。你的一生，谁也无法预卜。可是，可怜的宛露，你当初既无权利去选择你的生身父母，又无权利去选择你的养父母。现在，你最起码，应该有权利去选择你的丈夫！"

宛露愣愣地看着母亲，默然不语。

"去吧！宛露，他还在楼下等着呢！"

宛露再怔了几秒，就忽然掉转身子，往楼下奔去。段太太又及时喊了一声：

"宛露！"

宛露站住了。

"听我一句话，对他母亲要忍让一些。他母亲这一生，只有孟樵，这种女人我知道，也了解。在她潜意识里，是很难去接受另一个女人来分掉她儿子对她的爱。因此，她会刁难你，会反抗你，会拒绝你。可是，宛露，这只是一个过渡时期，等她度过了这段心理上的不平衡之后，会接受你的。所以，宛露，既然你爱孟樵，你就要有耐心。"

宛露凝视了母亲好一会儿，段太太给了她一个温柔而鼓励的笑。于是，宛露下了楼。

楼下，孟樵正在客厅里不耐烦地走来走去，兆培斜靠在沙发椅上，用一对很不友善的眼光，冷冷地看着孟樵。玢玢斜倚在兆培身边，只是好奇地把孟樵从头打量到脚，又从脚打量到头，再凑到兆培耳边去说悄悄话：

"他很漂亮！也很有个性的样子！"

兆培狠狠地瞪了玢玢一眼，于是，玢玢慌忙又加了一句：

"不过，没有你有味道！"

兆培笑了。

"因为我没洗澡的关系！"

玢玢掐了兆培一把，兆培直跳了起来。

"要命！"他大叫，"你该剪指甲！"

"我不剪，就留着对付你！"

孟樵看着他们打情骂俏，奇怪着，为什么别的情侣之间都只有甜蜜与温馨，而他和宛露之间，却充满了风暴的气息？是自己不对，是宛露不对，还是命运不对？他正烦躁着，宛露下楼来了。一件枣红色的小棉袄，一条灰呢的长裤，她瘦骨娉婷而纤腰一把。那白皙的面颊上，泪痕犹新，那大大的黑眼睛如梦如雾。就这样一对视，孟樵已经觉得自己的心脏绞扭了起来，绞得他浑身痛楚而背脊发冷。怎么了？那嘻嘻哈哈的宛露何处去了？那无忧无虑的宛露何处去了？那不知人间忧愁的宛露何处去了？他大踏步地迎了过去。

"宛露，我们出去走走，我有话和你谈。"

她怔了怔。

"我去拿件大衣。"她才转身，段太太已拿着件白色大衣走下楼来，把大衣递给了宛露，她望着孟樵说：

"孟樵，好好照顾她，别让她受凉了，也——别让她受气。"

孟樵庄重地看着段太太。

"伯母，您放心。"

走出了段家，街头的冷风就迎面而来，冷风里还夹杂着细细的雨丝。这已经是雨季了，往年的这时候，整天都是绵绵不断的雨，今年的雨来得晚。可是，街面上，柏油路已经是湿漉漉的了。孟樵伸手把宛露揽进了怀里，帮她把大衣扣子严密地扣住，又把她拉往人行道。

"别淋了雨。"他说。

"我喜欢。"她固执地走在细雨中，"你说有话要和我谈，你就快些谈吧！"

"宛露，"他忍耐地叹口气，"你相当冷淡呵！这些日子，你到底是怎么了？你躲我，你不见我，你逃避我……难道我真是个魔鬼吗？"

"我早已跟你说过，我们之间完了。"宛露望着脚下那被雨洗亮了的街道，和那霓虹灯的倒影，"我不知道，你为什么一直要对我纠缠不清。"

"因为我们之间并没有完！"他强而有力地说，"因为我爱你，因为我要你，因为我要娶你！"

她陡地一震。

"你说什么？"她含糊地问。

"我要娶你！"他清清楚楚地说，语气坚决、肯定而果断，"我已经决定了，过阴历年的时候，我们就结婚！报社要派我到美国去三个月，你也办手续，我们正好到那边去度蜜月！"

宛露站住了，她扬着睫毛，怔怔地看着孟樵，那细细的雨珠，在她睫毛上闪着微光。她那清幽的眸子，却是晶莹剔透的。

"你已经决定了？"她慢吞吞地问，"你怎么知道我要不要嫁你？"

"你要的！"他坚定地望着她，"你一定要，也非要不可！

你没有其他的选择，你只能嫁给我！"

"为什么？"她惊愕地。

"因为你爱我！"

她张大了嘴。

"你倒是一厢情愿……"

他把她拥进了怀里，她的嘴被他那粗糙的衣服堵住了。他的手强而有力，他的怀抱宽阔而温暖。于是，一刹那间，她觉得自己再也不想挣扎，再也不想飘荡，再也不要做一片云，再也不要去选择……是的，她要嫁他，她想嫁他，她愿跟他去天涯海角！只有这样有力的胳膊，能给她一个安全的怀抱；只有这样一颗狂热的心，能给她充裕的爱；只有这样一个宽阔的胸怀，能稳定她那游移的意志。是的，她要嫁他，是的，她只能嫁他，是的，她爱他！全心全意地爱他！

她叹了口长气。

"孟樵，"她喃喃地说，"你真的要我吗？真的吗？甚至不管你母亲的反对吗？"

他挽着她往前走。

"我妈已经同意了。"

"什么？"她吓了一跳，不信任地仰头看着他，"你骗我！她不可能同意！她不喜欢我，她一点也不喜欢我，她怎么会同意？"

他站定了，望着她。

"你现在就跟我回家去，我们马上把这件事弄明白！我妈说了，她从没有不喜欢你，只是想使你安定下来，她说你太活泼，太野性，怕你不能跟我过苦日子。宛露，你要体谅我母亲，她对儿媳妇的要求难免会苛刻一些，因为她守了二十几年寡，把所有希望都放在我一个人身上！这些日子，她眼见我的痛苦和挣扎，她终于说了：结婚吧，娶宛露吧！我会尽我的能力来爱她……"

"她会尽她的能力来爱我？"宛露做梦似的说，"她会说这种话吗？"

"宛露！"孟樵严肃地说，"你再不信任我妈，我会生气了！我告诉你，她已经同意了我们的婚事，你还有什么可怀疑的？说真的，不是我妈对你有成见，是你对我妈有成见……"

宛露忽然有了真实感，攀住他的手臂，她眼里燃起了光彩，几个月以来，她从没有如此喜悦和狂欢过，她挑着眉毛，喘息地、兴奋地、几乎是结结巴巴地说：

"哦！孟樵！我……我错了，我……错怪了你妈！只要……只要她能原谅我，我……我……"她涨红了脸，终于冲口而出，"我愿意做个最好的儿媳妇！"

他把她一把拖到路边的阴影里，狂喜地吻住了她，她那凉凉的、湿湿的、带着雨水的嘴唇，酥软而甜蜜。她的身子娇小玲珑，像一团软软的彩霞。他的嘴唇滑向她的耳边，低低地问：

"还敢说不嫁我吗？"

"不敢了。"她轻柔地说。

"还敢说不爱我吗？"

"不敢了。"

他热烈地握住她的手，粗暴地叫：

"那么，我们还等什么？回家去见我妈吧！去告诉她，你终于要成为孟家的一分子吧！"

她颤抖了一下。

"你又怎么了？"他问。

"没事！没事！"她慌忙说，喜悦地笑着，"我只是有点冷！孟樵，你放心，我会很小心、很礼貌、很文雅地见你妈妈！我再也不会孩子气了，我已经长大了，这些日子来，我家发生了一件事……"她顿了顿，关于自己的身世，她从没对孟樵说过，不是要隐瞒他，而是没机会。现在，她觉得不是说这话的时候，甩了一下头，她甩掉了这阴影。在目前这份狂喜的心情下，她怎能容许阴影的存在呢？她笑看着他。"我是个大人了，我成熟了，我也不再是一片云，我不再飘荡。我会很乖很乖，很懂事，很懂事。你放心，孟樵，我再也不任性了。"

孟樵凝视着她，还能听到比这个更甜蜜的话吗？还能听到比这个更温柔的话吗？还能希望她更谦虚，更懂事，更可爱吗？他紧握着她，挥手叫了一辆计程车。

到了孟家，两人身上都是半湿的。冲进了客厅，孟樵扬着声音叫：

"妈！看看是谁来了？"

孟太太从卧室里走了出来，穿着件丝棉袍子，头发光亮地在脑后绾了个髻，脚步是从容不迫的，脸上的笑也是从容不迫的，她看起来整洁、清爽而神采奕奕。对于和宛露的两次冲突，她似乎真的不在意了。直接走到宛露面前，她和蔼地伸出手来，把宛露的手紧握在她的手中。宛露慌忙鞠了一躬，恭恭敬敬地叫了一声：

"伯母！"

孟太太笑望了孟樵一眼：

"樵樵，你怎么让她淋了雨呢？这样不懂得体贴人呵，还配结婚娶太太吗？"

"噢，伯母！"宛露情不自禁地代孟樵辩护，"不关他的事，是我自己喜欢淋雨。"

"是吗？"孟太太对她深深地看了一眼，笑容收敛了，"以后这种怪毛病一定要改！"她说，走到沙发边坐下，"宛露！"她沉着声音叫，忽然变得很严肃、很正经、很庄重，而且是个完全的"长辈"，一点也不苟言笑的，"你过来坐下，今天既然已经谈到婚嫁，我必须和你好好地谈谈。婚姻不比儿戏，也不再是谈恋爱，要吵就吵，要好就好，婚姻是要彼此负责任的。"

"是的，伯母。"宛露温顺地说，心里又开始像打鼓般七上八下，她勉强地走到孟太太对面，在沙发上坐了下来，眼神就不知不觉地飘向了孟樵，带着抹可怜兮兮的、求助的意味。

"看着我！"孟太太皱了皱眉，"这也要改。"

"改什么？"宛露不解地问。

"宛露，不是我说你，女孩子最忌讳轻佻，你跟我说话的时候，目光不能飘向别人。这是很不礼貌的。"

"哦!"宛露喉咙里像梗了一个鸡蛋,她只得正襟危坐,目不斜视地看着孟太太,"是的,伯母。"她应着,声音已有些软弱无力。

"你既然愿意嫁到孟家来,就要知道一些孟家的规矩。樵樵的父亲叫孟承祖,曾祖父是个翰林,孟家是世代书香,从没有出过一点儿差错,孟家所娶的女孩子,也都是书香门第的大家闺秀。坦白说,宛露,你的许多条件并不符合我的要求。"

"哦,伯母。"宛露又看了孟樵一眼,孟樵已不知不觉地走了过来,坐在宛露身边,而且紧张地燃起了一支烟。当宛露的目光对他投来时,他立即对她做了一个鼓励的、安慰的眼色。

"又来了!"孟太太严厉地看着宛露,声音仍然是不疾不徐、不高不低的,"宛露,你第一件要学的事,就是目不斜视!你知道吗?你长相中最大的缺点,就是这对眼睛⋯⋯"

"我知道,"宛露的胸部起伏着,"我有双不安分的眼睛,你上次告诉过我!"

"你知道就好了。"孟太太一副宽容与忍耐的态度,"这并不要紧,你只要时时刻刻提醒自己,不要随便对人抛媚眼,尤其是男人⋯⋯"

"伯母!"宛露不由自主地提高了声音,"我从来就没有⋯⋯"

"宛露!"孟太太沉声说,"这也要改!"

"改什么?"宛露更加困惑了。

"长辈说话的时候，你不能随便插嘴，也不能打断，这是基本的礼貌，难道你父亲没有教过你？"

宛露咬紧了牙关，垂下了眼睑，下意识地把手握成了拳，闭紧嘴巴一语不发。

"抬起头来，看着我！"孟太太命令着，"我和你说话，你不要低头，知道吗？"

宛露被动地抬起头来。

"我刚刚已经说了，你的许多条件并不符合我的要求，但是樵樵已经迷上了你，我也只好接受你，慢慢地训练和熏陶，我想，总可以把你从一块顽石，琢磨成一块美玉，你的底子还是不错的……"

"不见得！"宛露冲口而出。

"你说什么？"孟太太盯着她，"你一定要打断我的话吗？如果你现在都不肯安分下来，你怎么做孟家的媳妇呢？你看！你的眼光又飘开了！我可不希望，我娶一个儿媳妇，来使孟家蒙羞……"

"妈！"这次开口的是孟樵，他愕然地、焦灼地、紧张而困惑地注视着母亲，"妈！你怎么了？宛露又没做错什么，你怎么一个劲儿地教训她……"

"樵樵！"孟太太喊，声音里有悲切，有责备，有伤感，还有无穷无尽的凄凉，"我只想把话先说明白，免得以后婆媳之间不好相处。我没想到，宛露还没进门，我已经没有说话的余地了。好吧，你既然不许我说话，我还说什么呢？真没料到，从你小，我养你，教育你，给你吃，给你喝，今天你的翅膀硬了，你会赚钱了，又要被派去海外了，你有了女朋友，我就应该被扫地出门了……"

"妈妈！"孟樵大喊，"你怎么说这种话呢？好了好了，是我的错，我不再插嘴，你要怎么说就怎么说吧！都算我错，好吗？"他懊恼地望望母亲，又怜惜地望望宛露。对母亲的目光是无奈的，对宛露的眼光却是祈谅的。

孟太太没有忽视他这种眼神，摇了摇头，她悲声说：

"我不再说话了，我根本没有资格说话！"

"妈！"孟樵的声音变得温柔而哀恳，"请你别生气吧！今晚，我们是在谈婚事，这总是一件喜事呀！"

"喜事！"孟太太幽幽地说，"是的，是喜事！宛露是家学深厚，是名教授之女，你交到这样的女朋友，是你的幸运！我这个不学无术的老太婆，怎么有资格教她为人之道？"

"我想，"宛露终于开了口，她的声音森冷清脆，她的面颊上已毫无血色，她的眼睛乌黑而锐利，她的呼吸急促而重浊，她直视着孟太太，"你应该先了解一件事，再答应我和孟樵的婚事。我不是段立森的亲生女儿！我是他们的养女，我的生父是谁我不知道，我的生母是个舞女……"

"什么？"孟太太直跳了起来，脸色也变得雪白雪白了，她掉头看着孟樵，"樵樵！"她厉声喊，"你交的好朋友，你不怕你父亲泉下不安吗？我守了二十几年寡，把你带大，你居然想把一个出身不明不白的低贱女子，带进家门来羞辱孟家……"

"宛露！"孟樵也急了，对于宛露的出身，他根本一点也不知道，第一个冒出来的念头，就是认为宛露又在编故事，目的只是和母亲怄气。于是，他叫着说："你别胡说八道吧！宛露，你何苦编出这样荒谬的故事来……"

"哦，孟樵！"宛露的声音，冷得像冰块的撞击，"原来你和你母亲一样！你也会介意我的出身和家世，更甚过注重我自己！你们是一对伪君子！你们看不起我是不是？你又怎么知道我看不看得起你们！"站起身来，她忍无可忍地逼向孟太太，压抑了许久的怒气像火山爆发一般喷射了出来，她大叫着说，"你是一个戴着面具的老巫婆！你讨厌！你可恶！你虚伪！你势利！你守寡了二十几年，有什么了不起，要一天到晚挂在嘴上！如果你不甘心守寡，你尽可以去找男人！你守寡也不是你儿子的错误，更不是你给他的恩惠，而你！想控制你的儿子，你要独霸你的儿子，你是个心理变态的老巫婆……"

孟太太被骂傻了，呆了，昏乱了，她蜷缩在沙发上，喃喃地叫着：

"天哪！天哪！天哪……"她开始浑身颤抖，指着孟樵，语无伦次地叫，"樵樵，樵樵，你拿把刀把我杀了吧！你拿把刀把我杀了吧！……"

"宛露！你疯了！"孟樵大吼，扑过去，抓住了宛露的胳膊，"住口！宛露！你怎么可以这样骂我母亲？你疯了！住口！"

"我不住口！我就不住口！"宛露是豁出去了，更加大叫大嚷起来，"你母亲是个神经病！是个妖魔鬼怪！她根本不允许你有女朋友。她仇视你身边所有的女人！她要教育我，要我端庄贤淑，目不斜视……"她直问到孟太太脸上去，"你敢发誓你二十几年来没想过男人吗？没看过男人吗？你是一脸的道貌岸然，一肚子的……"

"啪"的一声，孟樵已对着宛露的脸挥去了一掌，这一掌清脆地击在她面颊上，用力那么重，使她站立不住，差点摔倒，扶着沙发背，她站稳了。转过头来，她不信任地睁大了眼睛，愣愣地看着孟樵，低低地说：

"你打我？你打我？"

她再看看缩在沙发上的孟太太，然后，她转过身子，像一阵旋风般冲出了大门，对着大街狂奔而去。孟樵呆立了两秒钟，才回过神来，他大叫着：

"宛露！宛露！宛露！"

他追出了大门，外面的雨已经加大了，雨雾里，他只看到宛露跳上了一辆计程车，车子就绝尘而去。

宛露缩在车子里，浑身发着抖，像人鱼一样滴着水。她不想回家，在这一刻，她无法回家，她心里像燃烧着一盆好热好热的大火，而周身却冷得像寒冰。她告诉了那司机一个地址，连她自己都弄不清楚，这个地址到底是什么地方。车停了，她机械化地付了钱，下了车，站在雨地里，迷迷糊糊地四面张望着，然后，她看清楚了，自己正站在顾友岚的家门口。

她疯狂地按了门铃。

开门的是友岚，一看到宛露这副模样，他就呆了。一句话也没问，他把她连扶带抱地弄进了客厅，大声地叫母亲。顾太太和顾仰山都奔了过来，他们立刻用了一条大毛毯，把她紧紧地裹住。她的头发湿漉漉地贴在面颊上，雨珠和着泪水，流了一脸，她浑身颤抖而摇摇欲坠。

"顾伯母，"她牙齿打着战，却十分清醒地问，"你会为了我是个舞女的私生女，而不要我做儿媳妇吗？"

"什么话！"顾太太又怜又惜又疼又爱地叫，"我们爱你，要你，宠你，从来不在乎你的出身！"

"顾伯伯，你呢？"

"你还要问吗？"顾仰山说，"我们全家等你长大，已经等了这么多年了。"

"那么，"她回头直视着友岚，"我已经考虑过了，随便哪一天，你都可以娶我！"她把双手交给友岚，郑重而严肃，"别以为我是一时冲动，也别以为我是神志不清，我很清醒，很明白，友岚，我愿为你做一个最好最好的妻子！"

"宛露！"友岚激动地喊了一声，立刻把那滴着水的身子，紧紧地拥进了怀中。

12

宛露病了一个星期。

她的病只有一半是属于生理上的，自从淋雨之后，她就患上了严重的感冒和气管炎，一直高烧不退。另一半，却完全是心理上的，她毫无生气而精神恹恹。躺在床上，她不能去上班，就总是迷惘地望着窗子。雨季已经开始了，玻璃上从早到晚地滑落着雨珠，那阶前檐下，更是淅沥不止。而院子里的芭蕉树，就真正地"早也潇潇，晚也潇潇"起来。宛露躺在床上，就这样寥落、萧索地、忧郁地听着雨声。

段太太始终伴着她，全心全意地照顾着她。至于她到底发生了些什么，段太太已陆续从她嘴中，知道了一个大概。那晚，她和孟樵一起出去，却被顾友岚裹在毛毯中送回家来，又湿，又冷，又病，又弱。当夜，她在高烧中，只迷迷糊糊地对段太太说了一句话：

"妈，他们母子都看不起我，因为我是个弃儿！"

段太太不用多问什么，也了解以宛露这样倔强任性的个性，一定和孟家起了绝大的冲突。她后悔当初没有叮咛宛露一句，对于自己的身世最好不提。可是，再想想，养育了宛露二十多年，秘密总会有揭开的一天，那么，这世界上岂有永久的秘密？如果等到婚后，再让孟家发现这个事实，那个刁钻的孟太太，一定更以为自己是受了欺骗，还不如这样快刀斩乱麻，一了百了。想定了，她就安心地照顾着宛露，绝口不和她提孟樵。她自己也不再提，就好像孟樵已经从这世界上消失了，就好像她从没有认识过一个孟樵。她却时常谈友岚，谈顾伯伯顾伯母，谈童年时代顾家如何照顾她，每当顾太太来探望她时，她就会难得地高兴起来，抓住顾太太的手，她常天真地问：

"顾伯母，你会一直这样喜欢我吗？你会一直疼我吗？你会不会有一天不喜欢我了，不疼我了？"

"傻孩子！"顾太太是慈祥、温柔而易感动的，她会把宛露拥进怀中，爱怜地拍抚着她的背脊，"你怎么说这种话呢？顾伯母不只爱你、疼你，还要照顾你一辈子！现在，你不过叫我一声伯母，过几天，你就该改口叫我妈了！噢，宛露，我是几辈子修来的福气，能有你这样一个儿媳妇！"

这时，宛露就会含着泪笑了。一看到她这种笑中带泪的情况，段太太就觉得又心痛又怜惜。因为，她从宛露这种对"亲情"更胜过"爱情"的渴求里，深深体会到她在孟家所受到的屈侮。孟太太，那是怎样一个女人呢？她竟把宛露所有的自信心扫得一干二净了。

顾友岚每天下班后都来看宛露，有时带一束花来，有时带一篮水果。坐在她床边，他会想尽各种笑话来说给她听，只为了博她一笑。宛露躺在那儿，静静地看着他，静静地听着他，当他说到好笑的地方，她也会微微一笑，可是，那笑容是那么怯怯的，可怜兮兮的，含泪又含愁的。于是，有一晚，友岚再也忍不住，他在她床前的地板上坐了下来，定定地看着她，问：

　　"宛露，你到底怎么了？明白告诉我吧！别把我当傻瓜，宛露，我并不像你想象的那么单纯和天真，你之所以选择我，一定有某个特殊的原因。"把握住她那瘦骨支离的手，轻轻地说，"那个孟樵，他伤了你的心了，对不对？"

　　宛露感到胸中有一股热浪，直冲到眼眶里，她迅速把头转向了床里。但是，友岚不容许她逃避，扳住她的头，他强迫她面对着自己，他稳定地看着她，温柔、诚恳但却语重心长地说：

　　"宛露，我不希望自己是个代替品！但是，我要你，我也爱你，这份爱，可能远超过你的想象。我不知道我在你心里到底占多少分量，却知道你并没有如疯如狂地爱上我。宛露，爱情是一件很微妙的东西，我自己是否被爱，我心里有数。可是，宛露，即使你不爱我，我一样也要你，因为，有一天，你会爱我，超过那个孟樵！最起码，我会避免让你伤心！"

　　她闪动着睫毛，无言以答，却泪水盈眶。

　　"别哭！"他吻去她睫毛上的泪痕，哑声说，"我永远不会去追问你有关孟樵这一段，我相信，这已经是过去时了。

我只要告诉你，我明白你为什么会生病，为什么会痛苦，为什么会流泪，为什么变得这么脆弱和忧郁……宛露！我要治好你！但是，答应我一件事！"

她用询问的眼光望着他。

"多想想我，少想想孟樵！"

"哦！友岚！"她喊着，泪珠终于夺眶而出。她的手臂围了过来，圈住了他的脖子，把他的头拉向了自己，她主动地献上了她的嘴唇。他热烈地、深情地、辗转地吻了她，抬起头来的时候，他的眼眶湿润。

"嘻！"他故作欢快地用手指头轻触着她的鼻梁，"从此，开心起来好吗？为了我！如果你知道，只要你一皱眉，我会多么心痛，你就不忍心这么愁眉苦脸了。"

宛露笑了，虽然泪珠仍然在眼眶里闪烁，这笑却是发自内心深处的。重新搂紧了友岚的脖子，她在他耳边低低地、感激地说：

"友岚，你放心，我会做个好妻子！我会尽我的全心来做你的好妻子，友岚，我永不负你！"

友岚的嘴唇从她面颊上轻轻滑过去，再度落在她的唇上，他的手臂温柔而细腻地拥抱着她。好一会儿，他们就这样彼此拥抱着，彼此听着彼此的心跳，彼此听着阶前的雨声，彼此听着芭蕉的萧萧瑟瑟。直到楼下的门铃声惊动了他们，友岚放开了她，想站起身子，但是，宛露紧握住他的手，轻声说：

"别走！"

"我不走！"他坐在她的床沿上，静静地凝视着她。

楼下，似乎有一阵骚动，接着，兆培那粗鲁而不太友善的声音，就隐约地传了过来：

　　"她病了！她不能见客！都是你害她的，你还不离她远一点吗？"

　　宛露的心脏怦然一跳，握在友岚手中的那只手就不自禁地微微痉挛了一下，友岚和她交换了一个眼神，两人心中似乎都有些明白。友岚低问：

　　"要我打发掉他吗？"

　　宛露迟疑着，而楼下的声音骚动得更厉害了，中间夹杂着一个似曾相识的、女性的哭泣声。于是，宛露那绷紧的神经，就立即松懈了许多，而另一种难言的、矛盾的、怆恻之情，就涌进了心怀。来的人不是孟樵，而是那个"许伯母"！她一面侧耳倾听，一面用征询的眼光望着友岚，友岚深思地凝视着她，微微地摇了摇头。

　　"你还在发烧，你能不激动吗？"

　　她沉思片刻，段太太已经上楼来了，敲了敲门，段太太的头伸进门来：

　　"宛露，许伯母坚持要见你，你的意思呢？"

　　宛露凝视着段太太，她发现母亲的眼角溢着泪痕，而那眉峰，也是紧蹙着的。忽然间，她觉得自己必须面对这问题，解决这问题了。忽然间，她了解这并不仅仅是长辈间的争执，也是她不能逃避的切身问题。她想起那夜，她跪在段太太和段立森面前所说的话：

　　"你们是我唯一的父母，再也没有别人！"

是吗？为什么这位"许伯母"仍然牵动她心中的某根神经，使她隐隐作痛？她咬了咬牙，从床上坐起身子，靠在枕头和床背上，她下决心地说：

"妈，你让她进来，我要见她！"

段太太略一迟疑，就转身去了。一会儿，段太太已陪着那位"许伯母"走进门来，许伯母一看到半倚半躺在床上的宛露，就像发疯般扑了过来，不由分说地，她抱住了宛露的身子，哭泣着叫：

"宛露，你怎么了？你为什么生病？我给你请医生，我有钱了，我可以让你住最好的房子……"

宛露轻轻推开了"许伯母"，微皱着眉说：

"许伯母，你不要拉拉扯扯。友岚，麻烦你搬把椅子给许伯母，我要和她谈谈。"

友岚搬了把椅子放在床前，许伯母怯怯地看了宛露一眼，似乎有些怕她，悄悄地拭去了眼角的泪，她很温顺地、很无助地在椅子上坐了下来。带着一股被动的、哀切的神情，她瞅着宛露发怔。段太太看了她们一眼，就轻叹一声，很知趣地说：

"友岚，我们到楼下去坐坐，让她们谈谈吧！"

"不！妈妈！"宛露清脆地叫，"你不要走开，友岚，你也别走开！妈，爸爸呢？"

"在楼下和你哥哥下围棋。"

"我要爸爸和哥哥一起来，我们今天把话都谈清楚！"宛露坚定地说，"友岚！你去请爸爸和哥哥上来！"

"宛露，"段太太狐疑地说，"你要做什么？你很清醒吗？你没发烧吗？"

"我很好，妈。"宛露说，"我知道我自己在做什么，也知道这是必须做的。"

友岚下楼去了。宛露开始打量这位"许伯母"，这还是她第一次用心地、仔细地注视自己这位生身母亲。后者的脸上泪痕未干，脂粉都被泪水弄模糊了，可是，那对秀丽的眼睛，那挺直的鼻梁和她那虽已发胖却仍看得出昔日轮廓的脸庞，都向宛露提示了一个事实。年轻时候的她一定不难看，而且，自己的长相和她依稀相似。她不会很老，推断年龄，也不过四十岁，但她额前眼角已布满皱纹，连那浓厚的脂粉，都无法遮盖了。风尘味和风霜味，都明显地写在她的脸上。连她那身紧绷在身上的、红丝绒的洋装，都有股不伦不类的味道。宛露细细地望着她，模糊地衡量着自己与她之间的距离。她想起友岚的比喻，绮尔维丝！绮尔维丝并没有错呵，只怪她的命运是绮尔维丝！一时间，她对这位"母亲"生出一种强烈的、同情的、温柔的情绪。

段立森和兆培进来了，友岚跟在后面。兆培一进门，脸色就很难看，对着那位"许伯母"，他毫不留情地说：

"我们本来有个很幸福的家庭，你已经把它完全破坏了！难道你还不能放掉宛露吗？你该知道，你根本没有资格来骚扰我们的家庭！"

"哥哥！"宛露蹙着眉叫，"你少说几句吧！"

兆培不语了，在书桌前的椅子上一坐，他瞪着眼睛生闷气。段立森走了过来，他看起来仍然是心平气和的，只是眉梢眼底，带着抹难以察觉的隐忧。

"宛露，"他温和地问，"你是不是改变心意了？"

"没有，爸爸。"宛露清晰地说，望着面前的"许伯母"，"我只觉得，事情发生以后，我们从没有三方面在一块儿讨论过。今晚，许伯母既然来了，我想把话说清楚。"她正视着"许伯母"，"许伯母，你见过我的爸爸妈妈，二十一年前，你把我'送'给了他们，他们也按照你的要求，做了这件好事，把我养大了。记得你纸条上说的话吗？菩萨会保佑他们，如果这世界上真有菩萨，也实在该保佑我的爸爸妈妈，因为他们尽心尽力地爱了我这么多年，而且，我相信，他们以后还会继续地爱我。所以，许伯母，你虽然生了我，却永远只能做我的许伯母，不能做我的母亲！菩萨也不能允许，在二十一年以后的今天，你再来把我从爸爸妈妈手中抢走！所以，许伯母，如果你爱我，请让我平静，请让我过以前的日子！"她的声音非常温柔，"我会感激你！"

那"许伯母"从皮包里取出一条小手帕，开始呜呜地哭起来，一面哭，一面说：

"宛露，我爱你呀！"

"我知道。"宛露深沉地说，"以前，我总以为爱是一种给予，一种快乐，现在我才知道，爱也是一种负担，一种痛苦。哦，许伯母，今天我当着所有亲人的面，告诉你这件事，我同情你，我也爱你，但是，我只能认养育之恩，而不能认生育之恩。"

"哦，宛露！"许伯母哭着说，"你的意思是，你不愿意再见到我吗？"

"问题是，见面对我们都没有意义，只会徒增我们双方的尴尬。"宛露深思地说，"我本来想，我们可以保持来往，但是，现在，我不知道该如何面对你，你也不知道该如何面对我……"

"噢，宛露，我知道，我知道！"那许伯母急促地说，"我会给你一栋楼，很多珠宝，还有钱……"

"许伯母！"宛露打断了她，声音轻柔如水，眼光是同情而悲哀的，"当初你'送'掉了一个女儿，现在你无法再'买'回来呵！我们彼此之间，对爱的定义，已经差别太远了！"她疲倦地仰靠下去，头倚在枕头上，轻声地说，"假如你还爱我，帮我一个忙，别再来增加我爸爸妈妈的苦恼！我妈——"她轻柔地用手拉住段太太，"为了这件事，头发都白了。"

段太太顿时眼眶发热，她紧攥住女儿的手，一动也不动。那"许伯母"终于了解事情已无法挽回，站起身来，她哭着往后转，要冲出门去，宛露及时叫了一声：

"等一等，许伯母！"

许伯母回过身子来。

"你过来，我跟你讲一句话！"宛露伸出另一只手来，拉住许伯母，把她一直拉到身边，抬起头来，她凑着她的耳朵说，"再见！妈妈！"

她松了手。那"许伯母"用手蒙住脸，哭着往外奔去。

段太太基于一种母爱与女性的本能，忍不住也跟着她奔下楼去。到了大门口，那"许伯母"终于回过头来，紧紧地握住了段太太的手，她含着泪，由衷地说：

"我再也不会来要回她了。段太太，谢谢你把她带得这么好，现在，我也放心了。我不知道，她那么爱你们，她实在是个好孩子，是不是？"

"是的，"段太太也含满了泪，"她是最好的女儿，比我希望的还要好。"

那"许伯母"消失在雨雾里了。

当段家在"三面聚头"的同时，孟樵正一个人在房间内吞云吐雾。夜已经很深很深了，他下班也很久了，坐在一把藤椅里，他只亮着床头的一盏小灯，不停地抽着烟，听着廊下那渐渐沥沥的雨声。他的思想混乱而迷惘，自从一耳光打走了宛露之后，他就觉得自己大部分的意识和生命，都跟着宛露一起跑了。可是，这几日，他却不知道该怎么弥补这件事，母亲与宛露，在他的生命里，到底孰轻孰重？他从没想过，自己必须在两个女人的夹缝中挣扎。母亲！他下意识地抬头看看父母那张合照。宛露！他心底掠过一阵尖锐的痛楚，用手支住额，他听到自己内心深处，在发狂般地呼唤着：宛露！宛露！宛露！于是，他知道了，在一种犯罪般的感觉里，体会出宛露的比重，竟远超过那为他守寡二十几年的母亲！

他抽完一支烟，再燃上一支，满屋子的烟雾腾腾。他望着窗子，雨珠在窗玻璃上闪烁，街灯映着雨珠，发出点点苍黄的光芒。慢慢地，那街灯的光芒越来越弱，他不知道自己已经在室内枯坐了多久，但是，他知道，黎明是慢慢地来临了。他听到脚步声，然后，一个黑影遮在他的门前，他下意识地抬起头来，母亲的脸在黎明那微弱的曙光中以及室内那昏黄的灯光下，显得苍老而憔悴。他记得，母亲一向都是显得比实际年轻，而且永远神采奕奕，曾几何时，她竟是个憔悴的老太婆了？

"樵樵，"孟太太说，声音有些软弱而无力，"你又是整夜没睡吗？"

"唔。"他轻哼了一声，喷出一口浓浓的烟雾。

"你在做什么呢？"

"别管我！"他闷哼着。

孟太太扶着门框，她瘦瘦的身子嵌在门中，是个黑色的剪影，不知怎的，孟樵想起宛露骂母亲的那些话：你守寡又不是你儿子的责任！你是个心理变态的老巫婆！你发誓你二十几年来从没想过男人吗？你要独霸你的儿子……他猛地打了个寒战，紧紧地盯着母亲，他觉得她像个黑色的独裁者，她拦着那扇门，像拦着一扇他走往幸福的门！或者，穷此一生，母亲都会拦着那扇门，用她的爱织成一张网，把他紧紧地网住……

"樵樵！我们怎么了？"孟太太打断了他的思绪，她的声音悲哀而绝望，"你知道吗？这几天以来，你没有主动和我说过一句话！我知道你在想些什么，你在恨我！为了宛露，你在恨我！"

他凝视着母亲，一句话也没有说，这种沉默，等于是一种默认，孟太太深深地凝视着儿子，他们对视着，在这种对视的眼光里，两人都在衡量着对方的心理，终于，孟樵淡淡地开了口：

"我在想，宛露有一句话起码是对的，你守寡不是我的过失。这些年来，我一直想不通这点，总认为你为我牺牲，事实上，你是为了父亲去世而守寡，父亲去世不是我的过失。"

孟太太扶着门，整个人都靠在门框上，她呻吟着。

"樵樵，"她喃喃自语地，"我已经失去你了。我知道。宛露把许多残忍的观念给了你，而且深入到你脑海里去了……"

"告诉我！"孟樵注视着母亲，清晰而低沉地问，"宛露的话有没有几分真实性？有没有几分讲到你的内心深处去？你百般挑剔宛露，是不是出于女性嫉妒的本能，你不能容许我有女朋友？是不是？妈，是不是？"

"樵樵，"孟太太呻吟着摸索进来，跌坐在椅子里，她用手抱住了头，痛苦地挣扎着，"我只是爱你，我只是爱你。"

"妈！"他终于悲切地喊了出来，"你的爱会杀掉我！你知道吗？宛露对我来说比生命还重要，你难道不明白吗？妈，你爱我，我知道。可是，你的爱像张大蜘蛛网，快让我挣扎得断气了！"

他跳了起来，拿起一件外套，向室外冲去，天才只有一点蒙蒙亮，雨点仍然疏疏密密地洒着。孟太太惊愕而又胆怯地喊：

"你去哪儿？"

"去找宛露！"

"现在才早上五点钟!"孟太太无力地说。

"我不管!"孟樵跑到宛露家门口的时候,天还没有大亮。冬天的天亮得晚,雨点和云雾把天空遮得更暗。他一口气冲到了那大门口,他就呆住了。他要干什么?破门而入吗?按门铃通报吗?在凌晨五点钟?迎面一阵凉风,唤醒了他剩余的那点的理智,他站在那儿,冻得手脚发僵,然后,他在那门口来来回回地踱着步子,徘徊又徘徊,等待着天亮。最后,他靠在对面的围墙上,仰望着宛露的窗子。

时间不知道过去了多久,那窗子有了动静,窗帘拉开了,那雾气蒙蒙的窗子上,映出了宛露的影子,苗条的、纤细的背影,披着一头长发……他的心狂跳了起来,忘形地、不顾一切地,他用手圈在嘴上,大叫着:

"宛露!"

窗上的影子消失了,一切又没有了动静。

"宛露!宛露!宛露!"他放声狂叫,附近的人家,纷纷打开窗子来张望,只有宛露的窗子,仍然紧紧地阖着,那玻璃上的人影,也消失无踪。

他奔过去,开始疯狂地按门铃。

门开了,出来的是满面慈祥与温柔的段太太。

"孟樵,"她心平气和地说,"暂时别打扰她好吗?她病了,你知道吗?"

他一震。

"我要见她!"

"现在吗?"段太太温和地,"她不会见你,如果你用强,只会增加她对你的反感。我不知道你对她做了些什么，但是她听到你的声音就发抖了，她怕你。孟樵，忍耐一段时间吧，给她时间去恢复，否则你会越弄越糟！"

他的心脏绞痛了。

"忍耐多久？"他问。

"一个月？"

"我没有那么大的耐心！告诉她，我明天再来！"

第二天，他再来的时候，开门的变成了兆培。

"我妹妹吗？她住到朋友家去了！"

"我不信！"他吼着，想往屋里闯。

兆培拦住了门。

"要打架，还是要我报警？"他问，"世界上的追求者，没有看到像你这么恶劣的！"

他凝视着兆培，软化了。

"我一定要见她！"他低沉而渴切地说。

段立森从屋里走出来了。

"孟樵，"段立森诚恳而坦白，"她真的住到朋友家里去了，不骗你！如果你不信，可以进来看。"

他相信段立森，冷汗从背脊上冒了出来。

"段伯伯，请您告诉我她的地址。"

"不行，孟樵，"段立森温和而固执，"除非她愿意见你的时候。"

"难道她不上班？"

"她已经辞职了。"

"我每天都会来！"他说，掉头而去。

他确实每天都来，但是，不到一个月，他在段家门口看到了大大的"囍"字，宛露成了顾家的新妇。

13

深夜。

　孟樵坐在钢琴前面，反反复复地弹着同一支曲子。孟太太缩在沙发的一角，隐在灯影之中，默默地倾听着。从孟樵三四岁起，她就教他弹钢琴，他对音乐的悟性虽高，但耐性不够，从十几岁起，孟樵的琴已经弹得不错，却不肯用功再进一步。自从当了记者，他的生活忙碌了，对于钢琴，就更是碰也不碰。可是，今夜，他却坐在钢琴前面，足足弹了四个小时了。弹来弹去，都是同一支曲子，徐志摩的《偶然》。

　　　　我是天空里的一片云，
　　　　偶尔投影在你的波心——
　　　　你不必讶异，
　　　　更无须欢喜——
　　　　在转瞬间消灭了踪影。

你我相逢在黑夜的海上，

你有你的，我有我的，方向，

你记得也好，

最好你忘掉，

在这交会时互放的光亮！

不知道是弹到第几百次了，这单调重复的曲子，把那寂冷的夜，似乎已敲成了一点一滴的碎片，就像屋檐上的雨滴一般，重复又重复地滴落。孟太太下意识地看看手表，已经凌晨三点了。难道这痴子就预备这样弹到天亮吗？难道他又准备整夜不睡吗？她注视着儿子的背影，却不敢对他说什么，从何时开始，她竟怕起孟樵来了。她自己的儿子，但是，她怕他！怕他的阴鸷，怕他的沉默，怕他那凌厉的眼神，也怕他那孤独的自我摧残。在这所有的"怕"里，她明白，发源却只有一个字：爱。她想起孟樵一个多月前对她说的话：

"妈，你的爱像一张大蜘蛛网，我都快在这网里挣扎得断气了。"

现在，在那重复的琴声里，她深深体会到他的挣扎。他不说话，不抬头，不吃，不喝，连烟都不抽，就这样弹着琴："我是天空里的一片云，偶尔投影在你的波心……"一遍又一遍，一遍又一遍，一遍又一遍……他已经弹得痴了狂了。

孟樵注视着手底那些白键和黑键。他熟练地让自己的手指一次又一次地滑过那些冰冷的琴键。与其说他有思想，不如说他只是机械化地弹着这支曲子，朦胧中，唯一的意识，是在一份绞痛的思绪里，回忆起第一天见到宛露时，她那喜悦的、俏皮的、天真的声音：

"我叫一片云！"

一片云！一片云！你已飘向何方？一片云！一片云！你始终高高在上！一片云！一片云！呵！我也曾拥有这片云，我也曾抱住这片云！最后，却仍然像徐志摩所说的："我走了……不带走一片云彩！"是的，他要被报社派到海外去，三个月！或者，在这三个月中，他会摔飞机死掉，那就名副其实地应验了徐志摩这句："我走了……不带走一片云彩！"

他的琴声遽然地急骤了起来，力量也加重了，如狂风疾雨般，那琴声猛烈地敲击着夜色，敲击着黎明。他狂猛地敲打着那些琴键，手指在一种半麻木的状态中运动。似乎他敲击的不是钢琴，而是他的命运，他越弹越重，越弹越猛，他一生弹的琴没有这一夜弹的多。然后，一个音弹错了，接连，好几个音都跟着错了，曲子已经走了调。"我是一片云，偶尔投影在你的波心……"连这样的曲子，都成不了完整的，他猛烈的一拳敲击在那琴键上，钢琴发出"嗡"的一声巨响，琴声停了，他砰然阖上琴盖，把额头抵在钢琴上面。

孟太太忍无可忍地震动了，孟樵最后对钢琴所做的那一下敲击，似乎完全敲在她的心脏上，她觉得自己整个的心都被敲碎了。她震动、惊慌、恐惧而痛楚之余，只看到孟樵那弓着的背脊，和那抵在钢琴上的后脑，那么浓黑的一头头发，像他去世的父亲。她的丈夫已经死掉了！她的儿子呢？

站起身来，她终于慢吞吞地、无声无息地走到他的身边。

她凝视着他，伸出手去，想抚摸他的头发，却又怯怯地收回手来。她不敢碰他！她竟然不敢碰他！吸了口气，她投降了，屈服了，彻彻底底地投降了。

"樵樵，"她的声音单薄而诚恳，"我明天就去段家！我亲自去看宛露，亲自去拜访她的父母，代你向她家求婚，如果时间赶得及，你还可以在去美国以前结婚。"

他仍然匍匐在那儿，动也不动。

"樵樵，你不相信我？"她轻声地，"天快亮了，我不用等明天，我今天就去。我会负责说服宛露，如果她还在生气，如果必要的话，我向她道歉都可以。"

孟樵终于慢慢地抬起头来了，他的脸色苍白得像白色的琴键，他的面颊已经凹进去了，他的眼睛里布满了红丝。但是，那眼光却仍然是阴鸷的、狂猛的、灼灼逼人的。他直视着母亲，脸上毫无表情。他慢吞吞地开了口，声音里也毫无感情。

"太晚了！"他麻木地、疲倦地、机械化地说，"她已经在三天前结婚了。"

站起身子，他头也不回地冲进了卧室，砰然一声关上了房门。

孟太太愣愣地站在那儿，好久好久，她无法移动也无法思想，然后，她觉得浑身软弱而无力，身不由己地，她在孟樵刚刚坐过的凳子上坐了下来，出于本能地，她打开了琴盖，轻轻地、机械化地，她弹了两三个音符，她发现自己在重复孟樵所弹的曲子。

眼泪终于慢慢地涌出了她的眼眶，滑落在琴键上。

一星期以后，孟樵奉派去海外了。

与此同时，宛露和友岚正流连在日月潭的湖光山色里，度着他们的"蜜月"。

日月潭虽然是台湾最有名的景区，宛露却还是第一次来。到了日月潭，他们住在涵碧楼，一住进那豪华的旅社，拉开窗帘，面对一窗的湖光山色，宛露就惊奇而眩惑了。

"哦，友岚，你不该花这么多钱，这种旅馆的价钱一定吓死人！"

"别担心钱，好吗？"友岚从她身后，抱住了她的腰，和她一块儿站在窗前，望着外面的湖与山，"我们就浪费这一次，你知道，人一生只有一次蜜月。哦……"他怔了怔，"我说错了。"

"怎么？"她也微微一怔，"怎么错了？"

"我们会有许许多多的蜜月！"他在她耳边低低地说，"我们要共同在这人生的路上走几十年，这几十年将有数不清的月份，每个月，都是我们的蜜月！等我们白发苍苍的时候，还要在一起度蜜月！"

她回过头来望着他，眼光清柔如水。

"说不定等到我年华老去，你就不再爱我了。"她微笑着说。

"等着瞧吧！"他凝视她，深沉地说，"时间总是一天一天过去的，现在觉得年老是好遥远好遥远的事，可是，总有一天，它也会来到眼前。到了那天，你别忘了我今天说的话，我们会度一辈子的蜜月。"他吻了吻她那小巧的鼻尖，"宛露，"他柔声说，看进她的眼睛深处去，"嫁给我，你会后悔吗？"

她定定地望着他，用手环抱住他的脖子，她用一吻代替了回答。可是，在这一吻中，有个影子却像闪电般从她脑海里飘过去，她不得不立刻转开了头，以逃避他敏锐的目光。

把一切行装安顿好之后，他们走出了旅社，太阳很好，和煦而温暖地照着大地。这正是杜鹃和玫瑰盛开的季节，教师会馆的花园里，一片姹紫嫣红，花团锦簇。他们没有开车，徒步走向湖边，那些游船立即兜了过来，开始招揽生意。游船有两种，一种是汽艇，一种是船娘用手桨摇的。友岚看了她一眼：

"坐哪一种船？"

"你说呢？"她有意要测验一下两人的心意。

"手摇的！"

她嫣然地笑了。

坐进了那种小小的、手摇的木船，船娘一撑篙，船离了岸，开始向湖中心荡去。友岚和宛露并肩坐着，他望望天，望望云，望望太阳，望望山，望望湖水，最后，仍然把眼光停驻在她身上。她还是新娘子，但她已放弃了那些绫罗绸缎和曳地长裙。她简单地穿着件粉红色衬衫和雪白的长裤，依然是她一贯的作风，简单而清爽。阳光闪耀在她的头发上，闪耀在她的面颊上，闪耀在她的瞳仁里。自从身世揭开之后，她身上总有一股挥之不去、摆脱不开的忧郁。现在，她身上这种忧郁总算收敛了。或者，她努力在振作，甚至伪装自己，总之，他一时之间，没有从她身上找到忧郁的影子……他的注视使她惊觉了，她回头看他，脸颊红红的。

"你不看风景，瞪着我干吗？"她半笑半嗔地。

"你比风景好看！"

"贫嘴！"她笑骂着。

"真的！"

"那我们来日月潭干吗？何不在家里待着，你只要瞪着我看就够了！"

"可是……"他用手抓抓头，一副傻样子，"那不行啊！"

"怎么不行呢？"

"你是比风景好看，可是……可是，风景比我好看，我可以只看你就够了，你不能只看我呀！"

她忍不住笑了。

他凝神地看着她，笑容收敛了，满足地轻叹了一声，他紧紧地握住她的手。

"知道吗？宛露？很久没有看到你笑得这么开朗，你应该常常笑，你不知道你的笑有多么可爱！"

她怔了怔，依稀仿佛，记忆里有个声音对她说过：

"我从没看过像你这么爱笑的女孩子！"

同一个声音也说过：

"你真爱笑，你这样一笑，我就想吻你！"

她不笑了，她再也笑不出了。不知怎的，一片淡淡的忧郁，浮上了她的眉梢眼底。她转过头去，避免面对友岚，低下头来，她用手去拨弄那湖水。忽然间，她愣了，呆呆地看着那湖水，动也不动。

"怎么了？"友岚不解地问，"湖水里有什么？"他也伸头看着，"有鱼吗？有水草吗？"

不是鱼，不是水草，湖里正清清楚楚地倒映着天上的云彩。她的心脏收紧了，痛楚了。

"嗨，宛露！"友岚诧异地叫着，"你到底在看什么？水里没有东西呀！"

宛露回过神来。

"是的，水里没有东西！"她用手一拨，那些云影全碎了，"我就是奇怪，水里为什么没有东西！"

友岚失笑了。

"谁也不能知道，你脑袋里在想些什么！"他说。

她暗暗一惊，悄眼看他，她不知道他是不是话中有话，她的脸上，已不由自主地发起烧来。

一个下午，他们环湖游了一周。去了光华岛，也和山地姑娘合拍了照片。去了玄武寺，走上了几百级石阶。游完了"月"潭，也没有放弃"日"潭。友岚不能免俗，也带着一架照相机，到处给她拍照。船到了日潭的一块草地的岸边上，她忽然想上岸走走，他们上了岸。一片原始的、青翠的草原，完全未经开发的，草深及膝。她不停地往里深入，友岚叫着说：

"别走远了，当心草里有蛇！"

她笑笑，任性地往里面走，然后，他们看到两栋山地人的小茅屋，茅屋前，有两只水牛，正在自顾自地吃草，一个山地孩子，晒得像个小黑炭一样，骑在一只牛的背上，拿着一片不知名的树叶，卷起来当笛子吹。看到他们，那孩子睁大了眼睛，好奇地张望着。

"哎！"宛露感叹了一声，"我真想永远住在这儿，盖两间小茅屋，养两只牛……"

"生个孩子！"友岚笑道。

她瞪了他一眼，接着说：

"在这儿，生活多单纯，多平静，永远与世无争，也永远没有烦恼，不必担心害怕，也没有自卑自尊……"

"宛露！"他柔声说，"难道回到台北，你就会担心害怕，就会面临自卑与自尊的问题吗？"

她怔了怔，那个人的影子又浮现在她面前，那个倔强的、自负的、狂暴的、热烈如火的孟樵！他会饶了她吗？他会放了她吗？他会甘心认命，不再纠缠她吗？她咬着嘴唇，默然不语。

他走过来，温柔地搂住了她的腰。

"我告诉你，"他低语，"你再也不要害怕，再也不要自卑，你是我的一切，我的快乐和我的幸福！我最大的一笔财富！宛露，我会保护我的财富，再也没有人能把你从我怀中抢走……"

她忽然打了个寒战，为了掩饰这个突发的战栗，她故作轻快地从他手臂中跃开，叫着说：

"友岚，我想跟那只水牛合拍一张照片！"

"好呀，"友岚兴致高昂地举起照相机来，对准镜头，"这张照片一定可以参加摄影展，标题叫作'大笨牛与野丫头'！喂，靠近一点，你离那只牛那么远，怎么可能照进去呢？再靠近一点，还要靠近一点……"

宛露一步一步地移近那只水牛，友岚不住口地叫她靠近，她更靠近了一些。那只牛开始打鼻子里呼呼喘气，两只眼睛瞪着宛露，宛露心中有些发毛了，她叫着说：

"喂！你快照呀！这只牛好像有点牛脾气……"

她的话还没有说完，那只牛忽然一声长鸣，就对着宛露直冲而来，活像斗牛场中的斗牛。宛露"哇呀"地大叫了一声，拔腿就跑。那山地孩子开始哈哈大笑了。宛露跌跌撞撞地跑到友岚身边，那只牛早已站住了，她还是跑，脚下有根藤绊了一下，她站立不稳，就直摔了下去。友岚慌忙伸手把她一把抱住，她正好摔进他的怀中，躺在他的臂弯里。

友岚低头看着她那瞪得圆圆的眼睛，和那张惊魂未定的脸，他看了好半晌，然后，他俯下头去，紧紧地吻住了她。

她挣扎开去，脸红了。

"你不怕那山地孩子看见啊？"

"那又怎样呢？"他问，"他也会长大，有一天，他也会做同样的事情！"

他把她用力拉进怀里。

"别从我怀里逃开！"他低柔地说，"永远不要！"

她扬起睫毛，凝视着他那充满了智慧、了解与深情款款的眼睛，她愣住了。

晚上，他们并躺在床上，拉开了窗帘，他们望着穹苍里的星光和那一弯月亮。很久很久，两人都没有说话，然后，友岚静静地问：

"告诉我，你在想什么？"

"我在想，"她坦白地说，"你白天说的话。"

"我白天说了很多话，是哪一句呢？"

"别从你怀里逃开！"她定了定，"你以为，我还会从你怀里逃开吗？"

"你会吗？"他反问。

她转头看着他，忽然间，有两点泪光在她眼里闪烁。

"嫁你的时候，我就在心中发誓，我要做你最忠实的、最长久的、最温柔的妻子。像我妈对我爸爸，像你妈对你爸爸。"

他翻过身来，一把抱住了她。

"对不起，"他在她耳边喃喃低语，"我为白天那句话道歉。你知道，有时我也会很笨，像今天那只牛，你明明好意去亲近它，它却竖起角来想撞你。我就是那只笨牛。"

她含笑抚摸他的下巴。

"不，你不是笨牛。"她轻声说，"你聪明而多情，我从小就认识你，现在才知道，你是多么精明的。"她把头钻进他的怀抱中，"瞧，我在你怀里，我并不想逃开！"

他温存地抱紧了她。在日月潭住了四天，他们都有些厌了，附近的名山古刹、荒村野地，以及别人不去的山冈小径，他们都跑遍了。于是，他们计划开车继续南下，去横贯公路或垦丁，就在研讨的时候，却来了一对意外之客，带给了他们一阵疯狂的喜悦，那是兆培和玢玢！

"嗨！我们也来凑热闹了！"兆培叫着说，"希望不惹新郎新娘的讨厌！"

"太好了！"宛露拉着玢玢，高兴地笑着，"我们已经开始发闷了！旅行就要人多才有意思，我看，"她口无遮拦地，"你们也提前度蜜月吧！反正再过两个月也结婚了！早度蜜月晚度蜜月还不是一样！"

"宛露！少开玩笑！"玢玢的脸涨得绯红。

兆培看看宛露，再看看友岚。

"喂，友岚！"他说，"你很有一套，我这个刁钻古怪的妹妹啊，好像又恢复她的本来面貌了！"

"走！"友岚兴高采烈地拍着兆培的肩膀，"我请你们吃中饭！"

"要喝酒！"兆培说。

"随你喝多少！"

"不行，"玢玢插嘴了，"我们是来玩的，不是来喝酒的！"

"嫂嫂有意见，友岚，你省点钱吧！"宛露说。

"才嫁过去，已经帮夫家打算盘了！"兆培说。

玢玢又红了脸，友岚却得意地笑着。

饭后，他们一起去逛了附近一家孔雀园，那儿养了许许多多的孔雀，五颜六色，那光亮的羽毛，迎着阳光闪烁，那绚丽的色彩，长在一只鸟的身上，简直是令人难以置信的。在他们观赏孔雀的时候，兆培抓住机会，把宛露拉到一边，低低地说：

"我特地来告诉你一件事，孟樵已经去海外了。"

"哦？"宛露一震，询问地看着兆培。

"是报社派他出去的，我想，这一去总要个一年半载，等他回来，世事早变了，他在外面跑一趟，心情也会改变。时间和空间是治疗伤口最好的东西，他即使有过伤口，到时也会治愈了，何况，很可能根本没伤口！"

宛露呆呆地发起怔来，下意识地抬头看看天空，刚好有一片云飘过，很高，很远。她模糊地想起自己说过的一句话：

"云是虚无缥缈的，你无法去抓住一片云的！"

一阵难言的苦涩，陡然向她包围了过来。

"哎呀！"友岚忽然大声叫着，"宛露，那只公孔雀一直对着你开屏，它准以为你是只母孔雀了！"

玢玢和兆培都哄然大笑起来，宛露也勉强地跟着笑了。

14

好几个月的时间，无声无息地过去了。

在顾家，顾太太总是把家务一手揽住，积年的习惯，她已经做得非常熟悉了，虽然有了儿媳妇，虽然宛露和她很亲热，也极想分担她的工作，她却不能适应把部分家务交给宛露。再加上，宛露对家务事也从未做惯，切菜会割破手，洗碗会砸盘子，熨衣服会把衣服烧焦，炒菜会把整锅油烧起来，连用电锅烧饭，她都会忘记插插头。于是，试了两三天之后，顾太太就把宛露搂在怀里，笑嘻嘻地说：

"你的帮忙啊，是越帮越忙，我看，还是让我来做吧！你放心，妈不会因为你不惯于做家事，就不宠你的。像你们这代的女孩子，从小就只有精神应付课本，中文、英文、数学全要懂，而真正的生活，反而不会应付了。"

顾太太这几句话，倒说得很深入。真的，这一代的女孩子，个个受教育，从三四岁进幼稚园，然后是小学，初中，高中，大学……填鸭式的教育已让她们喘不过气来，哪里还有剩余的精力去学习煮饭烧菜持家之道？

在家既然无所事事，友岚每天又要上班，宛露的生活也相当无聊。起先，她总往娘家跑，还是习惯性地缠住母亲。后来，兆培结婚了，玢玢进了门，婆媳之间相处甚欢。于是，宛露那莫名其妙的自卑感就又抬头了，她想，自己既非段太太亲生，也不该去和玢玢争宠。在一种微妙的、自己也无法解释的心情下，她回娘家的次数就逐渐减少了。

六月，天气已经变得好热好热，这天下午，宛露忽然跑到工地去找友岚。友岚正爬在鹰架上检查钢筋，宛露用手遮着额，挡住阳光，抬头去看那高踞在十楼上的友岚。从下往上看，友岚的身子只是个小黑点，她几乎辨不清那些身影里哪一个是友岚，只能凭友岚上班前所穿的那身浅咖啡色衬衫和米色长裤，来依稀辨认。这样一仰望，她才知道以前有些想法错了，她总以为友岚的工作很轻松，待遇又好。工程师嘛，画画设计图，做做案头工作就可以了，谁知大太阳下，仍然要爬高下低，怪不得越晒越黑，看样子，高薪也有高薪的原因，世界上没有不劳而获的事情！也真亏友岚，他在家里从不谈工作，也从不抱怨，更不诉苦。说真的，友岚实在是个脚踏实地的青年，也实在是个不可多得的好丈夫。

友岚从电梯上吊下来了，一身的灰，一脸的尘土，戴着顶滑稽兮兮的工作帽。看到宛露，他意外而惊喜，脱掉了帽子，他跑去洗了手脸，又笑嘻嘻地跑了回来。

"宛露，怎么想起到这儿来！"

"在家无聊，出来逛一逛，而且，有件事要跟你商量，就跑来了。"她仰头再看看那鹰架，"你待在上面干什么？"

"每次排钢筋的时候，都要上去检查，那个架子叫鹰架，老鹰的鹰。"他解释着，一面拉住她的手，兴高采烈地说，"走，我带你上去看看，从上面看下来，人像蚂蚁，车子像火柴盒。"

"噢！"她退后了一步，"我不去，我有惧高症。"

"胡说！"友岚说，"从没听说，你有什么惧高症！小时候，爬在大树的横枝上晃呀晃的，就不肯下来，把我和兆培急得要死，现在又有了惧高症了。"

宛露笑了笑。

"嫁人真不能嫁个青梅竹马！"她说。

"怎么呢？"

"他把你穿背带裤的事都记得牢牢的！"她再看了一眼那鹰架，"为什么要叫鹰架？"

"我也不知道，大概因为它很高，只有老鹰才飞得上去吧！"他凝视她，"你真不想上去看看吗？"

她摇摇头。

"小孩的时候，都喜欢爬高，"她深思地说，"长大了，就觉得踩在平地上最踏实。"

"你是什么意思？突然间讲话像个哲学家似的。"

"我的意思是说我很平凡，我不要在高的地方，因为怕摔下来，我只适合做一个平平凡凡的女人。可是，最近，我很怀疑，我似乎连'平凡'两个字都做不到。"

他看看她，挽住她，他们走往工地一角的阴暗处，那儿堆着一大堆的钢板和建材，他就拉着她在那堆建材上坐了下来。

"我知道，"他深沉而了解地，"你最近并不开心，你很寂寞，家事既做不来，和妈妈也没有什么可深谈的。宛露，很抱歉我太忙了，没有很多的时间陪你。可是，我是时时刻刻都在注意你的，我了解你的寂寞。"

宛露注视着他，眼里闪动着光华。

"友岚，你是个好丈夫！"她低叹地说，"所以，我要和你商量一件事。"

"说吧！"

"你瞧，在家里，每人都有事做，爸爸上班，虽然当公务员，待遇不高，但他总是孜孜不倦地做了这么多年。妈妈管家，又用不着我插手，事无巨细，她一手包揽了。你呢？不用说了，你是全家最忙的。剩下了我，好像只在家里吃闲饭。"

"你想做点什么，"友岚深思地望着她，"我们该有个孩子，那么，你就不会有空虚感了。"

她怔了怔，心里涌上一股凉意。

"不不！"她急促地说，"我们现在不要孩子，我太年轻，不适合当母亲，过几年再说。"

他紧盯住她，伸手握牢了她的手。

"为什么不要孩子？"他问，"太年轻？不是原因！宛露，在你内心深处，对生命有恐惧感吗？"

她想了想，坦诚地望着他。

"是的。"

"为什么?"

"因为我是个弃儿,"她低语,"哥哥也是。记得你告诉过我的事吗?儿童救济院里有无数不受欢迎的孩子,我不想制造一条生命……"

"宛露!"他蹙着眉,打断了她,"你的举例有没有一些不恰当?我们的孩子会是不受欢迎的吗?我们相爱,我们的父母也希望有个孙儿,如果我们有了孩子,他会降生在一个最幸福的家庭里,你怎能拿他和救济院里的孩子来比呢?宛露,"他正视她,一本正经地,"不要因为你自己是个弃儿,就否决了整个生命。这样,你会走火入魔,你一定要克制住你这种不很正常的心理。"

她恳求地望着他。

"我知道这心理可能不正常,"她说,"但是,我真的怕有孩子,我自己也不知道为什么。我看过各种母亲……"她脑子里不期而然地浮起孟樵母亲的那张脸,以及自己生母的那张脸,她愣了愣,继续说,"我怕太爱孩子,也会害了孩子,不爱孩子,也会害了孩子。我怕有一天,我的儿子会对我说:妈妈,我希望你没有生我!哦,友岚!"她用手捧住下巴,悲哀地说,"请你原谅我,目前,我真的不想要孩子。或者,过两年,我比较成熟了,我会想要,那时候再生也不迟,是不是?好在我们都很年轻。"她凝视他,"给我时间,来克服我的恐惧感,好吗?"

他迎视着她的目光,好一会儿,他没说话,然后,他的手臂绕了过来，温存地围住了她的肩。

"好的，宛露。你放心，我不会勉强你去生孩子的。"他拂了拂她肩上的头发，"你要和我商量的事，总不会是要不要孩子的问题吧！"

她笑了笑，用一根木棍，在泥土上乱画着。

"我是和你商量，我想去工作。"

"哦？到哪儿去工作呢？"

"我妈早上打电话告诉我，我原来工作的那家杂志社，打电话问过我，他们编辑部缺人缺得厉害，希望我回去。我想，我在家里闲着也是闲着，又读了几年的编辑采访，不如回去上班，好歹也赚点钱回来贴补家用，你说是不是？"

他望着她，笑了。

"贴补家用的话，不过说说而已，家里并不缺你那个钱，但是，有份工作占据你的时间，无论如何都是好的，何况你学了这么多年，也该派上用场。事实上，你是不必和我商量的，你完全可以自己做决定。"

"总要和你商量的，"她笑着，"你是丈夫呀！一家之主嘛！"

"一家之主？"他也笑着，"你才是我的'主'呢！"

于是，这事就说定了。七月初，宛露又回到杂志社上班。因为杂志社离家不远，宛露很喜欢走路上下班，比挤公共汽车容易得多。有时，友岚也开车送她去上班，但是，友岚在工地的上下班时间很不稳定，尤其下班，总比一般机关要晚得多，所以，他从不接她回家。逐渐地，她也习惯于踏着落日，缓步回家。这段没有工作的压力，慢慢地踱着步子，浴在黄昏的光芒中，看着彩霞满天的时光，成为她一天中最享受与悠闲的时光，因为，在这段时光里，所有的时间都是她一个人的，她可以利用这段时间，想很多的事情。

想些什么呢？想金急雨树，又已花开花落，想天边浮云，几度云来云往！想今年与去年，人事沧桑，多少变幻！想那个在街边踢球的女孩，如今已去向何方？想人生如梦，往事如烟，过去的已无法追回，未来的将如何抓住……在这许多许多的思想里，总好像有根无形的细线，从脑子通往心脏，时时刻刻在那儿轻轻抽动。每当那细线一抽，她就会突然心痛起来，痛得不能再痛！摇摇头，她知道自己不该再心痛了，但是，她摇不掉那种痛楚。甩甩头，她也甩不掉那种痛楚。于是，在这份黄昏的漫步里，她几乎是病态地沉溺于这种痛楚中了。只有在这种痛楚中，她才知道那个隐藏着的"自我"，还是活着的，还是有生命的。

这样，有一天，她仍然在黄昏中慢慢地踱着步子，神情是若有所思的，步子是漫不经心的，整个人都像沉浸在一个古老的、遥远的世界里。忽然间，一阵摩托车的声音从后面传来，她丝毫也没有被惊动，当她沉溺在这种虚无的世界中时，真实的世界就距离她十分遥远。可是，那辆摩托车突然蹿上了人行道，拦在她的面前，一张属于那古老世界中的面孔，陡地出现在她面前。那浓眉，那大眼，那桀骜不驯的神态！她一惊，本能地站住了。

"你好？顾太太！"他说，声音中充满了一种挑衅的、恼怒的、阴鸷的、狂暴的痛楚，"近来好吗？你的青梅竹马为什么治不好你的忧郁症？顾家的食物营养不良吗？你为什么这样消瘦？你真找到了你的幸福吗？为什么每个黄昏，你都像个梦游病患者？"

她呆了，愣了，傻了。她的神智，有好一会儿，就游移在那古老而遥远的世界里，抓不回来。而那根看不见的细线，猛然从她心脏上抽过去，她在一阵尖锐的痛楚中，忽然觉得头晕目眩而额汗涔涔了。也就是在这阵抽搐里，她醒了，从那个虚无的境界里回过神来。睁大了眼睛，她一瞬也不瞬地望着眼前的人，不敢眨眼睛，生怕眼睛一眨，幻象消灭，一切又将归于虚无。

"孟樵，"她喃喃地念着，"你怎么会在这里？我以为……你……你……"她语音模糊而精神恍惚，"你在什么外太空的星球里。"

"我回来快一个月了。"他说，盯着她，"我跟踪了你一个月，研究了你一个月，和自己挣扎了一个月，我不知道是该放过你还是不放过你！现在，我决定了。"他凝视她，语气低沉而带着命令性，"坐到我车上来！"

她一凛，醒了，真的醒了。

"孟樵，"她说，凄苦而苍凉地，"你要干什么？"

"坐到我车上来！"他的语气更加低沉而固执，"许多话想和你谈，请你上来！"

她瞪着他，又迷糊了，又进入了那个虚无的世界。这是来自外太空的呼唤，你无法去抵制一个外太空的力量。那力量太强了，那不是"人"的力量可以反抗的。她上了车，完全顺从地，像是被催眠了一般。

"抱牢我的腰！"孟樵说，"我不想摔了你！"

她抱住了他的腰，牢牢地抱住。那男性的、粗犷的身子紧贴着她，她不自觉地，完全不由自主地把面颊依偎在那宽阔的背脊上。车子冲了出去，那震动的力量使她一跳，而内心深处，那朦胧的意识中，就忽然掠过了一阵近乎疯狂的喜悦。孟樵，孟樵，孟樵，难道这竟是孟樵！她更紧地揽住他，那疯狂的喜悦消失了，取而代之的，却是一种锥心的痛楚。孟樵，孟樵，孟樵，难道这竟是孟樵！

车子停在雅叙门口，他下了车，她也机械化地跟着他下了车。雅叙，雅叙，又是一个古老世界里的遗迹！像庞贝古城，该是从地底挖掘出来的。

"我带你来这儿，"孟樵说，"因为这是我们第一次约会的地方！"

她不语，被动地跟他走进了雅叙。

他们的老位子还空着，出于本能，他们走过去，坐在那幽暗的角落里。墙上，依然有着火炬，桌上，依然有着煤油灯。叫了两杯咖啡，他们就默默地对视着。孟樵燃起了一支烟，深深地吐着烟雾，深深地呼吸，深深地凝视着她。她被动地靠在沙发里，苍白、消瘦、神思不属，像个大理石的塑像。那乌黑的眼珠，迷迷蒙蒙的，恍恍惚惚的。他凝视着她，一直凝视着，凝视着，凝视着……直到一支烟都抽完了，熄灭了烟蒂，他的眼神被烟雾弄得朦朦胧胧。可是，透过那层烟雾，朦胧的底层，仍然有两小簇像火焰般的光芒，在那儿不安地、危险地、阴郁地跳着。

"宛露!"他终于开了口,声音远比她预料的要温柔得多,温柔得几乎是卑屈的。这种卑屈,比刚刚他命令她上车时的倔强更令她心慌而意乱。"我知道,以我今天的处境,我根本没有资格再来约你谈话,请你原谅我刚刚的强硬,也原谅我的——情不自已!"

他那最后的四个字,那从内心深处迸出来的四个字,一下子把她拉回到现实里来了。她张大了眼睛,怔怔地看着孟樵,所有的"真实",像闪电般在她脑海里闪了一下。于是,礼教、道德、传统……也跟着那闪电的光芒在她心中闪过。她慌乱地、挣扎地说了一句:

"我不该跟你到这儿来,"她的声音软弱而无力,"家里会找我,他们还在等我吃晚饭。"

"不要慌!"他的眼光里带着股镇定的力量,"我只说几句话,说完了,我就放你回家!"他往后靠,手上颠来倒去地玩弄着一个打火机,他脸上的表情,几乎是平静的。但是,当他再点燃一支烟的时候,他手中的火焰,却泄露秘密般地颤动着。他放下了打火机,抬起眼睛来望着她。

"你知不知道,在你结婚以前,我曾经天天去你家找你,都被你哥哥挡在门外?"

她逃避地把眼光转开。

"现在来谈我婚前的事,是不是太晚了?"

"是的,太晚了!"他说,固执地,"我只是想了解,你到底是知道还是不知道?"

"不太知道。"她坦白地，声音更软弱了，"那时，我住在玢玢家，我想——我并不愿知道。"

"很好，"他点点头，咬了咬嘴唇，"你并不愿知道！不愿知道一个男人，也可以抛弃所有的自尊，只求挽回自己所犯的错误！不愿知道，为了那一个耳光，我付出了多大的代价！你不愿知道，那么，让我来慢慢告诉你……"

"我一定要听吗？"她惊悸地看了他一眼。

"是的，你一定要听！"他坚定地说，坚定中带着痛楚，他的眼光紧紧地盯着她，"自从那个晚上，你从我家中一怒而去，我的世界就完全被打碎了。我从没料到，对母亲的爱和对你的爱会变成冲突的两种力量。可是，当你一冲出我家，我就知道了一件事实，我的自尊与骄傲，甚至对母亲的崇拜与爱，都抵不过一个你！我曾经设法挽回，千方百计地要挽回，可是，你嫁了！"他的手支在桌上，手指插在头发中，另一只手上，那烟蒂闪烁着幽微的火光，"你用一件最残忍的事实，毁去我所有的希望！至今，我不知道你嫁他，是因为爱他，还是为了报复我？总之，你嫁了！你永远不可能了解，这对我造成了怎样的伤害！自你婚后，我就没有和我母亲说过一句话！对我母亲，我怎么说呢？我并不是完全恨她，我也可怜她，可怜她对我的爱，可怜她用这份爱来毁掉我的幸福！不管怎样，我没有话可以跟她说了。"

她悄然地抬眼看他，灯光在她的瞳仁中闪动。

"我走的时候，"他继续说，"我对母亲说了一声再见，我想，我这一生不会再回来了。我没有勇气，再回来面对母亲或是婚后的你！在外面，我工作，我采访，我写稿，我忙碌，我也堕落！我去过各种声色场所，吃喝嫖赌，无所不为！可是，日复一日，我忘不掉你！多少次我醉着哭着，把我身边的女人，喊成你的名字！一个月、两个月、三个月……我请求报社，延长我的海外居留时间，我不敢回来，我知道，如果我回来，我很可能做出我自己也想象不出的、狂野的事情！我会不顾一切礼教、道德、传统的观念，再来找你！我怕我自己，怕得不敢回来！但是，每夜每夜，我想你，发疯一样地想你！想你爱笑的时刻，也想你爱哭的时刻，想你欢乐时的疯劲，也想你悲愤时的狂野，想你对我的伤害，也想我对你的伤害……最后，这疯狂的想念战胜了一切的意志，我又回来了。终于回来了。"

她望着他，倾听着，泪水慢慢涌进她的眼眶，盛满在眼眶里，她那浸在水雾里的眼珠，亮晶晶的像两颗寒星。

"我回来了，我母亲像是捡回了一件失去的珍宝，她用各种方式来博得我的欢心，从她所教的女中里，带回一个又一个漂亮的女孩子。而我，买了摩托车，每天奔波着，只是打听你的消息。你上班下班，我跟踪你，我也见过你的丈夫。"他咬咬牙，"嫉妒得几乎发狂！然后，我发现你每天黄昏的漫游，我必须用最大的意志力，克制自己不来找你，可是，到今天……"他的声音低弱了下去，"我失败了！你从杂志社出来，眼光朦胧如梦。你那么瘦小，那么孤独，那么哀伤……你不知道，你脸上的表情，似乎总在哀悼着什么。于是，我自问着：你快乐吗？你幸福吗？为什么你身上没有快乐与幸福的痕迹？所以，我冲上来了！"他深深地望着她，喷出一口烟雾，他低哑地问，"我现在必须问你一句，你快乐吗？你幸福吗？"

她在他那强烈的告白下撼动了，又在他那灼灼逼人的目光下慌乱了。紧张中，她仍然想武装自己：

"我应该很快乐，也应该很幸福……"

"我不跟你谈应该还是不应该，我只问你到底快乐还是不快乐？"他强而有力地问，紧盯着她。

"我快乐不快乐，或是幸福不幸福，与你还有什么关系呢？"她挣扎地说，"那都是我的事了！"

"有关系！"他伸过手来，一把握住了她的手，紧紧地捏住了她，"我需要知道，我还有没有机会，来争取我所失去的幸福！"

"你没有了。"她狠下心说，泪珠在睫毛上颤动，"你早就没有了！"

"是吗？"他更紧地握牢她的手，似乎想要捏碎她，他的眼光深深地，火焰般烧灼地盯着她，"是吗？这是你的由衷之言吗？甚至不考虑几分钟？你知不知道……"他重重地吸着气，"我现在没有自尊，没有骄傲，没有倔强和自负，我什么都没有了！我在求你……"他的眼眶潮湿，声音里带着难以压抑的激情与震颤，"我知道我已无权求你回到我身边，我在做困兽之斗！我只求你说出你心里的话——我真的没有机会了？一点机会都没有了？真的吗？真的吗？"

她那睫毛上的泪珠，再也停留不住，就沿着面颊滚落了下去。她试着抽回自己的手，但他紧握着她不放。她挣扎着说：

"孟樵，你弄痛了我！"

他松开了手，她立即抽回去。于是，倏然间，他发现她的手指在流血，他不自禁地惊呼了一声：

"我弄伤了你，给我看！"

他再去抓她的手。

"不要，没什么！"她想掩饰，但他已一把抓牢了她。于是，他发现，她手指上戴着一个结婚钻戒，当他握紧她的时候，并没有注意这戒指，只是激动地握牢了她。而现在，这钻石的棱角深嵌进另外两只手指的肌肉里，破了，血正慢慢地沁了出来。他看着，眉头骤然紧蹙起来，他心痛而懊恼地低嚷：

"我又弄伤了你，我总是伤害你！"

她注视了一下那手指，抬起睫毛来，她眼里泪光莹然。深吸了口气，她终于脱口而出：

"弄伤我的，是那个结婚戒指！"

15

已经过了午夜十二点。

友岚坐在客厅的沙发里，一口一口地喷着香烟，很长一段时间，他没有开口说过一句话了。顾太太坐在立地台灯下面，正用钩针钩着件毛线披风——宛露的披风。她的手熟练地工作着，一面不时抬头看看壁上的挂钟，再悄眼看看友岚，那钟嘀嗒嘀嗒地响着，声音单调地、细碎地，带着种压迫的力量，催促着夜色的流逝。

终于，当顾太太再抬眼看钟时，友岚忍不住说：

"妈！你去睡吧！我在这儿等她！"

顾太太看了看友岚。

"友岚，你断定不会出事吗？怎么连个电话也不打回来呢？从来没发生过这种事，她每天都按时下班的……"

"我等到一点钟！"友岚简短地说，"她再不回来我就去报警！"他熄灭了烟蒂，声音里充满了不安，眼角眉梢掩饰不住焦灼与忧虑的痕迹。

"再打个电话问问段家吧！"

"不用问了，别弄得段家也跟着紧张，很可能什么事都没有，很可能她跟同事出去玩了，也很可能……"

门外，有摩托车的声音，停下，又驶走了。友岚侧耳倾听，顾太太也停止了手工。有钥匙开大门的声音，接着，是轻悄的脚步声，穿过了院子，在客厅外略一停留，友岚伸头张望着。门开了，宛露迟疑地、缓慢地、不安地走了进来，站在屋子中间。灯光下，她的眼光闪烁而迷蒙，脸色阴晴不定，神态是紧张的、暧昧的。而且，浑身上下都有种难以觉察的失魂落魄相。

"噢，总算回来了！"顾太太叫了起来，略带责备地看着宛露，"你是怎么了？友岚急得要报警呢！你到什么地方去了？我们打了几百个电话找你……"

"对不起。"宛露喃喃地说着，眼神更加迷乱了，"我……我碰到了一个老同学……"

"碰到老同学也不能不打电话回家呀！"顾太太说，"你该想得到家里会着急，我们还以为你下班出了车祸呢！害友岚打了好多电话到各派出所去查问有没有车祸，又开了车沿着你下班的路去找……"

宛露对友岚投过来默默的一瞥，就垂下头去，低低地又说了一句：

"对不起！"

友岚熄灭了烟蒂，站起身来，慢慢地走向宛露，他的眼光在宛露脸上深沉地绕了一圈，就息事宁人地对母亲蹙了蹙眉，微笑地说：

"好了！妈！她平安回来就好了！你去睡吧，宛露的脾气就是这样的，永远只顾眼前，不顾以后。从小到大，也不知道失踪过多少次了。"他用胳臂轻轻地绕住宛露的肩，低声说，"不过，此风不可长，以后再也不许失踪了。"

顾太太收拾起毛线团，深深地看了他们一眼。点了点头，她往屋里走去。

"好吧！你们也早些睡吧！都是要上班的人，弄到三更半夜才睡也不好，白天怎么有精神工作呢！尤其是友岚，工作可不轻松！"

听出顾太太语气中的不满，宛露的头垂得更低了。友岚目送母亲的影子消失，他再注视了宛露一眼，就伸手关掉了客厅里的灯，把宛露拉进了卧室。房门才关上，友岚就用背靠在门上，默默地凝视着她，一语不发地、研判地、等待地、忍耐地望着她。

宛露抬头迎视着他的眼光，摸索着，她走到床边坐下。她的脸色好白好白，眼睛睁得好大好大，那眼睛里没有秘密，盛满了某种令人心悸的激情，坦白而真诚地看着他。她的嘴唇轻轻地翕动着，低语了一句：

"他来找我了！"

他走近她的身边，也在床沿上坐下，他注视着她。好长的一段时间，他什么话都不说，只是注视着她。这长久而专注的注视使她心慌意乱了，她的睫毛闪了闪，头就不由自主地低了下去。他用手托起了她的下巴，不容许她逃避，他捕捉着她的眼光。

"你和他一直谈到现在？"他问。

"是的。"

"谈些什么？"

她哀恳般地看了他一眼。

"谈——"她的声音低得像耳语，"一些过去的事。一些很久以前的事。"

他拂开她额前的一绺短发，定定地望着她。

"我不能阻止你和朋友谈过去的事，对不对？"他深沉地说，"不过，有这样一个晚上，你们不论有多少'过去'，都已经该谈完了。以后，不要再和他去谈过去！因为，你应该跟我一起去开创未来，是不是？"

她的眉头轻轻地蹙了起来，眼底浮起了一层迷茫与困惑之色。在他那稳定的语气下，她顿时心乱如麻。在内心深处，有个声音在向她呐喊着：不行！不行！不行！你应该有勇气面对真实呵！你在雅叙，已经给了孟樵希望，现在，你竟然又要向友岚投降吗？张开嘴来，她讷讷地、口齿不清地说：

"友岚，我……我想，我……我应该告诉你，我……我觉得……"她说不下去了。

他坚定地望着她。

"你觉得什么？"他温和地问，伸手握住了她的双手，"你觉得冷吗？你的手像冰一样。别怕冷，我会让你不冷。你觉得心神不安吗？你满脸都是苦恼，像个迷了路的孩子。不要心神不安，我会让你安定下来！你觉得矛盾和烦躁吗？不要！都不要！"他把她拉进了怀里，用胳膊温柔却坚定地拥住了她。他的声音柔柔的、低低的，却具有一股强大的、不容抗拒的力量，在她耳边清清楚楚地说："听我说，宛露！我或者不是个十全十美的人，我或者也不是个十全十美的丈夫。但是，我真心要给你一个安全而温暖的怀抱，要让你远离灾难和烦恼，不管我做到了还是没有做到，你应该了解我这片心和诚意。宛露，难道我的怀抱还不够安全吗？还不够温暖吗？"

她费力地和眼泪挣扎，她眼前全蒙上了雾气。

"不，不是你的问题！"她凄苦而无助地说，"是我！我不好，我不是个好女孩！"

"胡说！"他轻叱着。推开她的身子，他再一次搜视着她的眼睛。"在很多年很多年以前，"他温柔而从容地说，"你大概只有五岁，是个又顽皮又淘气的小女孩。有一天，我和兆培还有许许多多大男孩子，一起到碧潭那边的深山里去玩，你吵着闹着要跟我们一起去，兆培没有办法，只好带着你。结果，我们在山里玩得很疯很野，都忘掉了你，等到要回家的时候，才发现你不见了。天快要黑了，我们漫山遍野地分头找你，叫你的名字，后来，我在一个放打谷机的草寮里发现了你，你满脸的眼泪，缩在那草堆中，又脏又乱又害怕。我抱起你来，你用手紧紧搂住我的脖子，把头埋在我肩膀中说：友岚，你不要再让我迷路！"

她凝视着他，微微地扬着眉毛。

"有这样一回事吗？"她问，"为什么我记不得了？"

"是真记不得了，还是不想去记呢？"他深沉地问，诚挚地望着她，"再想想看，有没有这么一回事？"

她想着。童年！童年是许许多多缤纷的色彩堆积起来的万花筒，每一个变幻的图案里似乎都有友岚的影子。她深抽了一口气。

"是的，"她承认地说，"有这么一回事，这事与今晚有什么关系呢？"

"今晚你一进门的时候，我就知道了。你又在迷路了。"他点了点头，哑声说，"宛露，我不会再让你迷路了！"他用手轻抚她的面颊，"可是，你要和我合作，唯一不迷路的办法，是不要去乱跑！宛露，答应我，不再乱跑！那么，你会发现，我的怀抱仍然是很安全而温暖的！"

她不自觉地用牙齿咬紧了嘴唇，困惑地望着他。好半天，她才一面轻轻地摇着头，一面喃喃地说：

"友岚，你使我自惭形秽！"

"别这么说，"他用手捧住她的头，稳定了她，"如果我不能把你保护得好好的，是我的失败！如果我再让你迷路，是我更大的失败！但是，宛露，"他紧盯着她，"你答应我，不再乱跑，好吗？你答应吗？"

哦！答应吗？答应吗？宛露的脑子里乱成了一团，而在这堆乱麻般的思绪和近乎疲惫的神志中，她看到的是友岚那稳重的脸，听到的是他稳重的声音：

"别从我怀里溜走！宛露。"他的头俯近了她，"你还是我的，对不对？"他轻轻地拥住她，轻轻地贴住她的唇。她一凛，本能地往后一缩，就倒在床上了。他低头凝视她，眼底有一抹受伤的神色。"真这么严重吗？"他问，"我是有毒的吗？宛露？"

哦！不！她闭上了眼睛。友岚，我不要伤害你！我不要！我不要！我绝不要！于是，她听到自己的声音，在那儿软弱地、无力地、几乎是违心地说着：

"没有！友岚，你让我别迷路吧！"

"那么，你答应我不乱跑了？"

"是的！"泪水沿着她的眼角滚落。她觉得心已经碎了。再见！孟樵！永别了！孟樵！原谅我，孟樵！你就当我死了，孟樵！

"是的，友岚，"她闭着眼睛，不断地、机械地呢喃，"我答应你，答应你，答应你！"

他低下头，吻去她眼角的泪痕。

"从明天起，我开车送你去上班，再开车接你下班！"他平静地说，"我要保护我的珍宝。"

她不说话，咬紧牙关，闭紧眼睛，心里在疯狂地痛楚着，在割裂般地痛楚着。友岚一瞬也不瞬地看着她，研究着她，打量着她，终于命令地说：

"睁开眼睛来！宛露！"

她被动地睁开眼睛，眼底是一片迷茫与凄楚。他长叹了一声，怜惜地把她拥进了怀里。

"我会信任你！宛露，信任你今晚所答应我的！但是，你也信任我吧，我会给你温暖，给你安全，也给你幸福！我保证！"

于是，从这天起，生活改变了一个方式。友岚每天按时开车把她送到杂志社门口，眼看她走进杂志社的大门，他才开车离去。黄昏，他再开了车到杂志社门口来等，直等到她下班，再把她接回去。她一任友岚接接送送，心里有种听天由命的感觉。就这样吧！永别了，孟樵！她在那锥心的痛楚中，不止在心中喊过一百次，一千次，一万次……永别了！孟樵！天下有情而不能相聚的人绝不止我们这一对！人生就是如此的！她在那种"认命"似的情绪里，逐渐去体会出人生许许多多的"无可奈何"！

在下定决心以后，她给孟樵写了一封简短的信。

孟樵：

　　我曾经怪过你，恨过你，现在，我不再怪你也不再恨你了，请你也原谅我吧！原谅我给了你希望，又再让你失望。命运似乎始终在捉弄我们，我屈服了，我累了，我承认自己只是个任性而懦弱的孩子，我无力和命运挑战，以前，我战败过，现在，我又失败了！

　　我不想再为自己解释什么，任何解释都可能造成对你更重的伤害。我只有一句话可说：人，除了爱情以外，还有道义、责任与亲情。后者加起来的力量，绝不输于前者。所以，我选择了后者。原谅我吧！孟樵！因为，我已经原谅你了！

别再来找我，孟樵！永别了，孟樵！我到底只是一片云，转瞬间就飘得无踪无迹！

祝你

别再遇到另一片云

宛露

信寄出去的第三天上午，不过才十点多钟，宛露正在勉强集中自己的脑力，去删改一篇准备垫版的稿子。忽然间，电话铃响了，杂志社的电话几乎是从早到晚不断的，因而，她并没有注意。可是，接电话的王小姐叫了她：

"段宛露，电话！"

她拿起桌上的按键分机。

"喂？"她问，"哪一位？"

"宛露！"对方只称呼了一声，就长长地叹出一口气来。宛露的心脏立即跳到了喉咙口，她瞪着那电话机，整个人在刹那间变成了化石。他那声沉长的叹息撕裂了她的心，更进一步地在撕碎她的决心与意志。"宛露！"他再叫，"你好狠！你真以为可以和我永别了吗？"他低低地对着听筒说，"我还没有死！"

"孟樵，"她压低声音，战栗着说，"你——你怎么说这种话？我现在在上班，你别打扰我吧，好不好？你理智一点行不行？"

"理智！"他的声音虽然低沉，却带着股压抑不住的、强烈的痛楚，"如果我理智，我在海外就不回来，如果我理智，我就早已经忘记了你，如果我理智，我现在就不打电话！如果我理智，我就不会白天发疯一样在街上乱转，夜里又发疯一样坐在那儿等天亮……不，宛露，我没有理智，我现在要见你！"

"哦，不行，孟樵……"她用手支住额，心慌意乱，而且整个人都像被火燃烧起来一般，她喘息着，觉得自己简直透不过气来。她慌乱地对那听筒哀求般地说："请你不要再逼我吧，请你让我过一种安静的生活吧……"

"你这样说吗？"他打断了她，声音里带着种近乎绝望的悲切，"如果我不打扰你，你就真能过安静的生活吗？你真能把我从你心里连根拔除吗？那么——"他吸了口气，"我抱歉我打扰了你！再见！宛露！"

"喂喂！"她急切地低喊，觉得自己所有的意志都崩溃了，"你在什么地方？"

"见我吗？"他渴切地、压抑地低问。

"见你！"她冲口而出，毫无思索的余地。

听筒那边忽然失去了声音，她大急，在这一瞬间，想见他的欲望超过了一切，她急急地问：

"喂喂，孟樵，你在吗？"

"是的。"他闷声说，然后，她听到他在笑，短促的、带着鼻音的笑声，自嘲的、带着泪音的笑声。他吸了吸鼻子，声音阻塞地说："我有点傻气，我以为我听错了。宛露——"他重重地喘了口气，"你请假，我十分钟以后在杂志社门口等你！我马上过来！"

挂断了电话，她呆坐着，有一两分钟都无法移动。自己是怎么了？发昏了吗？为什么答应见他？可是，霎时间，这些自责的情绪就都飞走了，消失了，要见到他的那种狂喜冲进了她的胸怀，把所有的理智都赶到了九霄云外。她像个充满了氢气的气球，正轻飘飘地飘到云端去。她不再挣扎，不再犹豫，不再考虑，不再矛盾……所有的意识，都化为一股强烈的渴求：她要见他！

十分钟后，他们在杂志社门口见面了。

他扶着摩托车，站在那儿，头发蓬乱，面颊瘦削，形容憔悴而枯槁。可是，那炯炯发光的眼睛，却炽烈如火炬，带着股烧灼般的热力，定定地望着她。她呆站在那儿，在这对眼光下，似乎已被烧成灰烬。多久没见面了？一星期？两星期？为什么她竟有恍如隔世般的感觉？她喉头哽着，想说话，却吐不出一点声音。他伸手轻轻地碰了碰她的头发，那么轻，好像她是玻璃做的，稍一用力，她就会碎掉。他扬了扬眉毛，努力想说话，最后，却只吐出简单的几个字来：

"先上车来，好吗？"

她上了车，用手环抱住了他的腰，当她的手在他腰间环绕过去的那一刹那间，他不自主地一震，发出了一声几乎难以觉察的叹息，好像他等待这一刻已经等了千年万载似的。她闭上眼睛，整颗心都为之震撼了。

车子发动了，她固执地闭着眼睛，不看，也不问他将带她到哪里去。只因为她心里深深明白，跟着他去，只有两个地方，不是"天堂"，就是"地狱"。或者，是这两个地方的综合体。车子加快了速度，她感到车子在上坡，迂回而蜿蜒地往上走，迎面吹来的风逐渐带着深深的凉意，空气里有着泥土和青草的气息。她心里有些明白了，"旧时往日，我欲重寻"，这是《格拉齐耶拉》里的句子。只是，人生有多少旧时往日是能重寻回来的？

车子走了很久很久，一路上，他和她一样沉默。然后，风越来越冷了，空气越来越清新了，她的心情也越来越混乱了……终于，车子停了，他伸手把她抱下车来。

她睁开了眼睛，四面张望着。是的，森林公园别来无恙！松树依然高耸入云，松针依然遍布满地，空气里依然飘送着淡淡的松香，微风依然在树梢低吟，天际依然飘着白云，四周依然杳无人影……她抬头看看天，再低头看看地，就被动地靠在一棵松树上，怔怔地、无言地、深深地望着他。

他站在那儿，不动，不说话，眼睛也怔怔地望着她。他们彼此对视着，在彼此的眼睛里搜寻着对方灵魂深处的东西，时间停顿在那儿，空气僵在那儿。然后，不知道过了多久，他终于一下子握住了她的手臂，低沉地、哑声地、悲切地说：

"宛露！你要杀了我了！"

她凝视着他，在他如此沉痛的语气下震撼了，而在这震撼的同时，一种无可奈何的情绪严重地袭击了她，使她激动、悲愤，而且忍无可忍了。她瞪大眼睛，眼里逐渐燃烧起愤怒的火焰，她咬咬牙，用不信任的、恼怒的、完全不平稳的声音，低嚷着说：

"孟樵，你怎么敢说这句话？是我要杀了你，还是你要杀了我？你知道你是什么？你是我命里的克星！既然你这样要我，当初为什么要让你母亲一次又一次地侮辱我？你不是站在你母亲一边吗？你不是唯母命是从吗？你不是容忍不了我对你母亲的顶撞吗？那么，你还缠住我做什么？你弄弄清楚，是你逼得我嫁了，而现在，你还不能让我平静吗？你说我杀了你了，是我杀你还是你杀我？孟樵！"她把头转向一边，凄苦而无助地喊，"我恨你！我恨你！我恨你！我恨你！"

他用手扶住她的下巴，把她的脸转向了自己，他的眼神变得昏乱而狂热，像是发了热病一样，充满了烧灼般的痛苦和激情，他语无伦次地说：

"你骂我吧！你恨我吧！我早就知道，千言万语，也无法表达我现在的心情！你恨我，我更恨我自己！恨我没有事先保护你，恨我当初在你和母亲起冲突的时候，竟不能代你设身处地去想！但是，宛露，你公平一点，也代我想想，当初那个下雨的晚上，在你和母亲之间，我能怎么办？你知道你也是个利嘴利牙的女孩吗？你知道你的措辞有多么尖锐刺激吗？"

"我知道，"她点点头，"所以，我放掉你，让你去当你母亲的专利品！我多大方，是不是？"

"哦，宛露！"他苦恼地喊，"我们别再算旧账了吧！是我错了！我承认我错了！而你，你给我的信里说，你已经原谅我了！"

"你不要断章取义，原谅你，是请你别再纠缠我！"

"我不是纠缠你，我要娶你！"

"娶我？"她幽幽地问。

"是的，娶你！"

她用手遮住脸，然后，她放下手来，忽然间笑了起来。

"真要娶我？"

"是的！"他肯定地说。

她笑得更厉害了。

"很好，"她边笑边说，"我们到非洲去。"

"到非洲去干吗？"

"我听说非洲有个部落，一个女人可以有好几个丈夫！"她大笑，"我们结伴去非洲吧！"

"不要笑。"他低吼。

她仍然在笑。

"你以前说过，我一笑你就想吻我！"

他的眼眶潮湿了。

"你还记得？"

她不笑了，她的眼眶也潮湿了。

"记得你说过的每句话！'不许踢石子，当心给我踢出一个情敌来！'你知道吗？你根本没有情敌，我才有情敌，我的情敌是你的母亲，而且，这一仗，我输了。"

"不，她输了。"他拂开她被风吹乱了的长发，望着她的眼睛，"宛露，她不再是以前的她了，她不再专制，不再骄傲了。她最大的愿望，就是我能找回失去的幸福！宛露，她也很可怜，她的出发点并不坏，她只是爱我！她不知道，爱也会杀人的！”

"你知道这点吗？"她问。

"我知道。"他深深点头，"我们现在就在彼此残杀！很可能，我们两个都活不成！"

她凝视他，慢慢地摇头。

"孟樵，饶了我吧！"

他也慢慢地摇头。

"不是我不饶你，是——请你救救我吧！"

"我怎样救你呢？"

"你知道的。"他轻声而有力地吐了出来，"别再犹豫，别再矛盾，你应该和他离婚，嫁给我！"

她的眼睛哀愁地瞪视着他，然后，她开始猛烈地摇头，拼命地摇头，喊着说：

"不行！我已经答应了他，我不再迷路了！"

"可是，你选择他，就是一条错误的路呀！"他也喊着，用双手抓住她的手腕，激动地摇撼着她，"你不是现在才迷路，你是老早就迷路了，你这个婚姻，根本就走在歧路上！我现在才是要引你走入正途！"

"你怎么知道我的婚姻是走在歧路上？"

"你给我的信里起码承认了一项事实，你选择了亲情，抛弃了爱情！"他紧盯着她，恨恨地说，"你的婚姻居然决定在亲情上，而不是爱情上，你是个荒谬的傻瓜！"

"可能对我而言，"她迷乱而矛盾地挣扎着，"亲情比爱情更重要！"

"胡闹！"他怒声说。

"怎么胡闹？"她挑衅似的扬起了眉毛，"你凭哪一点说我的婚姻是绝对的错误？"

他用手托起了她的下巴，让她的眼睛对着阳光。那闪亮的光线使她睁不开眼睛。他定定地注视着她的脸。

"因为你的眼睛不会撒谎，你的表情也不会撒谎，它们都告诉了我这项事实！宛露，你发誓吧！你发誓说你的婚姻是绝无错误的，我就再也不来纠缠你！你发誓吧！"

"好！"她横了横心，"我发誓，我……"她的声音僵住了。

"说呀！"他命令地，紧盯着她，"说呀！"

"我的婚姻……"

他迅速地用嘴唇堵住了她的唇，她几乎听到他心脏那擂鼓般的跳动声。他沙哑地说：

"别说违心的话，宛露！你敢说谎，我不会饶你！"

"哦，孟樵！"她终于崩溃地喊了出来，"我发誓我错了！从头到尾就错了！"她哭着把头埋进了他的怀里，听着他那狂猛而剧烈的心跳声响，"我怎么办？我们怎么办？"

16

段太太有好些日子没有看到宛露了。

主要是她自己的家务永远做不完，她又体贴，不忍心让玢玢多操劳，再加上，最近玢玢有了身孕，她这一乐非同小可，嘘寒问暖，呵护备至，就怕玢玢年轻不小心，弄伤了孩子。因为，在她心里面，"孕育"是一件近乎"伟大"的事情。她倒并没有忽略宛露，隔上一两天，她总会和宛露或顾太太通个电话，知道宛露也在上班，小两口虽然忙，却还恩恩爱爱，她也算一块石头落了地。宛露，这个自幼就让她又操心、又疼、又爱、又不知如何是好的孩子，总算有了个美满的归宿，对一个母亲而言，还能有什么更大的安慰呢？

可是，这天午后，不过才五点多钟，她听到门外有一阵摩托车响，接着，是门铃的声音，她赶下楼去，玢玢已经喜悦地叫开了：

"宛露，嫁到婆家你就忘了娘家了！你自己算算，有多久没回来了。"

"别说我!"宛露依然利嘴利舌,"你嫁到婆家之后还有娘家吗?怎么我每次回来都看到你在呢!难道段家是你的娘家不成?"

"哎呀!"玢玢说不过宛露,就有些撒赖,"怪不得人人说,小姑子最难缠,咱们家的小姑子啊……"

"怎样呢?"宛露手里拿着一个长带子的皮包,对着玢玢就预备砸下去,段太太在楼梯上,吓得尖叫起来:

"宛露!别和她动蛮劲呀!"

宛露慌忙收回了皮包,对玢玢从上到下地打量着,不住地点头,自言自语地说:

"原来如此!原来如此!原来如此!"

玢玢涨红了脸,一溜烟地跑掉了。

段太太走下楼来,还来不及对宛露说什么,宛露就对她做了个暂缓的手势,走到茶几边,她先就打起电话来了。段太太听到她在电话里说:

"友岚,我现在在妈妈家,你不必去接我了……是的,我提前下班了……没有为什么,我今天一直头痛……我想妈妈了呀!我不回家吃晚饭……你要来?我难得回一次娘家,你就让我们母女说一点悄悄话吧!……我为什么要讲你坏话呢?……"她沉默了好一会儿,只是倾听,她脸上有种奇异的、古怪的表情,"好了,友岚,你不要疑神疑鬼吧!这样,我让妈跟你讲话!"她把听筒递给段太太,"妈,你告诉他,晚上十点钟再来接我!"

哎，小夫妻，离开片刻都舍不得！段太太心里想着，却又直觉地感到并不那么简单。宛露脸上的神色不对，那闪烁着火焰的眼光也不对，那被太阳晒得发红的面颊，那被风吹得乱七八糟的长发，那种浑身上下、潜伏着的一份狂野……像她童年时代，爱上了动物园中的一只小山羊，硬要带回家去，告诉她不可以，她就把整个身子挂在那栏杆上，死抓住铁栏杆不放。现在，她身上又有了那种要小山羊的任性劲儿。段太太摇摇头，接过了听筒，她和和气气地说：

"友岚，你就让宛露在家多待一会儿，你十点多钟来接她好了。你放心，我会把你太太保护得好好的。"

挂断了电话，宛露问：

"爸爸呢？"

"今晚有个棋局，在陈伯伯家里，下棋吃饭，不到十二点，他不可能回来。"

"哥哥还没下班？"

"嗯，也快了。"

"妈！"宛露一手抓住段太太，她的手心在发热，段太太下意识地看看宛露，这孩子有没有发烧，"我们上楼去，我有话和你谈！"

果然，她的预料没有错！这孩子确实有心事。她狐疑地望着宛露，跟着宛露上了楼。这还是当初宛露的房间，自从她结婚后，就改成了客房，大致还维持原来的样子，以备宛露回娘家的时候住。房门一关上，宛露就直直地瞪视着母亲，卸下了所有的伪装，她眼神狂野而语气固执：

"妈，我想离婚！"

段太太一下子就跌坐在床沿上，她凝视着女儿，不信任地、喃喃地说：

"你有没有生病？我觉得你的手心好烫，过来让我摸摸，是不是在发烧？"

"妈！"宛露定定地看着母亲，一个字一个字地说，"我很清醒，我知道我在说什么，我想离婚！"

段太太怔了好几分钟。

"友岚做错了什么？"她问。

"妈，你太了解我了，你明知道，不是友岚做错了什么，他不可能做错什么。"

"那么，是孟樵回来了？"段太太无力地问，凝视着宛露，"你别冲动，你也别糊涂，宛露，你应该已经很成熟了，不会再做傻事了。你想想清楚，当初你是在两个人之中选择了友岚，并不是在没有选择下盲目嫁给友岚的。现在，你怎能轻易提'离婚'两个字？婚姻不是儿戏，不是你们当初扮家家酒呀！"

"妈！"宛露一下子扑了过来，和母亲并坐在床边上，她用手紧握住母亲，她的手心更热了，她的面颊发红，而眼睛里闪耀着一种令人心惊肉跳的疯狂的光芒，"我不是在讲理，在这件事情里面，我根本没有理，我知道，我只是没办法！"

"宛露！你别吓唬我！"

"妈妈，真的，我已经没办法，你从头到尾就知道，我始终爱的是孟樵！"

段太太深深地吸了口气。"那么，你为什么要嫁友岚呢？结婚还不到一年，友岚对你又情深义重，你怎么开得了口？"

"我当初嫁友岚，大部分是为了和孟樵赌气……"

"宛露，婚姻是能赌气的吗？"段太太沉痛地说，"你也未免太任性了！婚姻是件终身大事，是件必须重视的事，而且，友岚论人品、才华，以及待你的一片心，实在是无话可说，你有什么理由提离婚！"

"妈！"宛露坦白而无助地说，"我当初也想做个好妻子，也想和友岚厮守一生，我发誓，走上结婚礼坛那一刹那，我是很虔诚的。可是，孟樵一出现，什么都瓦解了，所有的决心、理智，统统瓦解了。我只知道一件事，我要和孟樵在一起！"

"你……"段太太又急又气又无可奈何，"你别傻！宛露。嫁给孟樵，说不定你也会后悔，离了婚，你也会后悔！我绝不相信，孟樵做丈夫会比友岚好！"

"这不是好坏问题呀！"宛露苦恼地用手捧住了头，"他是强盗，我爱他；他是土匪，我爱他；他是杀人犯，我也爱他！"

"既然你这么爱他，"段太太忍无可忍地喊，"当初你何必在乎他母亲对你的看法！你就应该抱定宗旨，他母亲看你是猪，你也嫁他；他母亲看你是狗，你也嫁他；他母亲看你是毒蛇，你也嫁他！那么，不是就没问题了？你又要自尊，又要爱情！当这两样抵触的时候，你选择了自尊，现在你有了自尊，你又要回头去要爱情！宛露，宛露，"段太太发自内心地说，"人不能太贪心哪！世间哪有十全十美的事情！如今你既然已经嫁入顾家，顾家又待你如此恩深义重，你就该认了。"

宛露怔住了，坐在那儿，呆呆地出起神来，半天，她才低低地说了句：

"妈，你对了。"

"总算想清楚了，是不是？"段太太如释重负地说，"你脑筋总算转过来了，对不对？你瞧，这样才是正理，你不是小孩子了，也早就该懂事了。"

"不是的，我说你对了，不是指这个。"宛露轻声说，眼睛直直地瞪视着前面的墙壁。

"指什么？"段太太不解地问。

"如果我真的爱他，我就该抱定宗旨，他母亲看我是猪，我嫁他！他母亲看我是狗，我嫁他！他母亲看我是毒蛇，我也嫁他！"宛露喃喃地念着，转头望着段太太，"妈妈呀！"她叫，"你早为什么不告诉我这一点？"

段太太傻了，半晌，才站起身子来说：

"你疯了！宛露，你别走火入魔吧！"她转身预备向门外走去。

宛露一伸手抓住了她的衣襟。她回过头来，宛露那大睁的眼睛，哀哀无告地望着她：

"妈，你去对友岚说！"

"我对友岚说什么？"

"你告诉他，我要跟他离婚！"

段太太站住了，仔细地盯着宛露。

"宛露，"她慢吞吞地说，"你为什么自己开不了口？因为友岚没有过失？还是因为你不忍心？或者——"她拉长了声音，"你自己也迷迷糊糊，你根本弄不清楚你在爱谁，你并不是真心想离开友岚……"

"我是真心！"她急促地、苦恼地、挣扎地说，"我要和孟樵在一起！"

"你敢说你对友岚就一点爱情都没有吗？"

"我……"宛露怔住了，在这一刹那间，她眼前浮起的全是友岚的影子，童年时代的友岚，扮家家酒时的友岚，刚回来的友岚，在松林中的"初吻"，噢！她的初吻原是友岚的，连她的"人"，也是友岚的——那蜜月的旅行，水牛边的摄影。"别从我怀里逃开，永远不要！"噢，友岚！她能说她一点也不爱他吗？她能说吗？颓然地，她把头垂了下去，用手死命拉扯着胸前的一绺长发。"哦！妈妈！你不了解，友岚只能使我像一湖止水，平静而无波，孟樵却可以使我像火焰般燃烧……"

"宛露，你醒醒吧！"段太太喊，"婚姻本身就是平静无波的东西，当止水并没有什么不好！要知道，湖水越深，才越平静，感情也是如此。你看我和你爸爸，生活了几十年，何曾兴风作浪过？至于你提到燃烧……"段太太紧盯着女儿，沉重地说，"平静无波的止水不易枯竭，燃烧的结果是化为灰烬。宛露，宁可变成止水，千万不要化为灰烬！"

"妈妈！"宛露喊着，任性地用手拉扯着被单，"我不行！

我不行！止水会淹死我，我宁可燃烧！妈妈，你要帮我，你要站在我的阵线上，你要去对友岚说……"

"我不会！也不可能！"段太太斩钉截铁地说，"我不可能帮你胡闹！你可以没有理性，我不能跟着你没有理性，这事绝对不行！"

"妈，你疼我，你宠我，你就帮我……"

"我恐怕，你是被我宠坏了。"段太太伤感而激动地说，"你任性得像一匹难以拘束的野马！你再这样胡闹下去，我真怀疑你的血液里……"段太太猛地住了口，被自己的话所惊吓，她张着嘴，呆住了。

宛露的脸色，在一刹那间变得雪白。

"妈，你说什么？"她哑声问。

"没有，没有。"段太太回过神来，慌忙想混以他语，"我只是要你冷静一点，千万别闹出事情来。"

宛露的头低低地垂了下去，她的声音轻得像耳语，喃喃地、受伤地、卑屈地、自言自语地说：

"我知道了。你的意思是说，我血液里有着不安分的因素，我本身就是个不负责任而造成的生命！妈，连你都这么说了，连你都这么说了，我再也不可能在这世界上找到一个能了解我，或者同情我的人了。"

"哦！宛露！"段太太的脸色也变了，她站在女儿面前，本能地把宛露揽在怀里，急急地说，"你别这么说吧！宛露，你知道我是多疼你的！我的意思并不是那样，你不要因为有心病，就曲解每一句话……"

"我没有曲解。"宛露抬起头来，悲哀地望着母亲，"我知道你疼我，但我毕竟不是你亲生的！我没有遗传到你的安静与贤淑，我的血液里，充满了疯狂和野性，我知道，妈，我生来就不是个好孩子！"

"胡说！"段太太的喉咙哑了，"你怎么可以说这种话呢？不要把你自身的矛盾，归咎于你的血液……"

"妈！你怎知道这不是原因之一？为什么你一生都那么安静平和？为什么我就充满了狂风暴雨？我一定生来就有问题，我一定……"

"宛露！"段太太的声音里带着祈求，"你别这样说吧！许多人生命里都有狂风暴雨，这和出身有什么关系？是妈不好，妈说错了。"

"没说错。"宛露固执地，"你只是无意间吐露了真实面，我一直不愿面对的真实。"

楼下有一阵喧嚷声，接着兆培的声音就大叫着传上楼来：

"妈！我下班了！你别尽和宛露关在屋里说悄悄话。宛露！你还不滚下楼来，吃饭了！尝尝你嫂子的手艺如何！快快快！我都要饿死了。"

段太太很快地拂了拂宛露的头发，柔声说：

"好了，我们改天再谈吧。总之，目前，你先把自己情绪稳定下来，如何？"

宛露摇摇头，叹了口气。她不愿再多说什么，忽然间，她就觉得有那么一面看不见的墙，竖在她和母亲之间。她默默地站起身来，跟着母亲走下楼。兆培还是老样子，嘻嘻哈哈，满不在乎的，他注视了宛露一下，就和往日一样，在她臀部敲了一记，叫着说：

"你这丫头，怎么越来越瘦？脸色也不对！我看看，"他盯了她一会儿，恍然大悟地，"哦，我知道了，你一定害了和玢玢一样的病！"

"玢玢一样的病！"宛露一时转不过来，"玢玢在生病吗？"

正在摆碗筷的玢玢羞红了脸，抬起头来笑着说：

"你听他胡扯！"

宛露一下子明白过来了，她瞪了兆培一眼：

"你以为全天下的人，都像你们一样，急于当父母吗？"

兆培深深地凝视着她，不笑了，他走过去，用手轻轻地捏了捏宛露的下巴，低沉地说：

"我记得，你总爱把自己比成一片云，你知道吗，云虽然又飘逸，又自由，却也是一片虚无缥缈、毫不实际的东西。你不能一辈子做一片云，该从天空里降下来了。宛露，生一个孩子，可以帮助你长大。"

她也深深地凝视兆培。

"哥哥，你真认为一条新的生命会高兴他自己的降生吗？你从不怀疑他可能不愿意来吗？"

"我不怀疑！"兆培肯定地说，"我的孩子是因为我爱他，我要他，我才让他来的，他会在父母的手臂中长大。而我自己也需要他！"

"需要他干吗？"

"让我做一个负责任的父亲！"

宛露惊愕地看着兆培。

"哥哥，为什么我和你们两个人的看法不一样？"

"学学我，宛露，"兆培说，"那么，你就会快乐了！你也不会这么苍白了！你会是一个实实在在的人，而不是一片飘荡无依的云了。"

"喂喂！"玢玢柔声喊着，"你们兄妹两个在干吗呀？一定要等菜凉了才吃吗？"

大家都坐到餐桌边去了，宛露惊奇地看着餐桌，一桌子的菜，蒸的、炒的、煨的、炖的全有。再看玢玢，清清爽爽地把头发束在脑后，露出整张淡施脂粉、白白净净的脸庞，围着一条粉红格子的围裙，她利落地给每人盛好饭，又利落地用小刀和叉子把蹄髈切开……她是个多么安静老练而满足的小妇人啊！为什么自己不能像她一样呢？宛露朦胧地想着，开始心不在焉起来。段太太坐在玢玢身边，看了看餐桌，就不由自主地用手绕着玢玢的肩，宠爱地拍了拍她，怜惜地说：

"玢玢也真能干，这么一会儿，就做出这么多菜！其实，随便炒两个菜就得了，累坏身子，可不行呢！"

"哪会这么娇嫩呢！"玢玢笑着说，"宛露难得回家吃顿饭，总该让小姑子满意，是不是？"

"妈！"兆培含着一口饭说，"你别尽宠她，做两个菜有什么了不起，何况，她是存心要在宛露面前露一两手，表示她还有点用……"

"你——"玢玢笑瞪着兆培，用筷子在他手背上敲了一记，"坏透了！"

"我坏透了，你干什么嫁给我？"兆培问。

"妈，"玢玢转向了段太太，"蹄髈会不会太咸了？"

"你别顾左右而言他！"兆培笑着，"又去跟妈撒娇讨好，谁都知道你的蹄髈烧得好！"

"兆培！"段太太边笑边说，"不许欺侮玢玢！"

"我欺侮她？"兆培挑着眉毛，"有妈给她撑腰，我还敢欺侮她？"

宛露冷眼看着这一切，忽然发现这是一个好幸福好美满的家庭，而自己，却不属于这里了。一层模糊的、朦胧的、迷茫的、孤独的感觉，朝她四面八方地包围了过来。一时间，她觉得神思恍惚而精神不属。虽然坐在桌边，她却感到自己不在这间房间里，不在这些人群里，她望着那些菜所蒸发的热气，觉得自己也像那热气一样，轻飘飘地往上升，往上升，往上升……穿过了屋顶，升上了天空，凝聚成一片孤独的云。然后，这云就悠悠晃晃地、虚虚渺渺地在天空中游移着。"我是一片云，风来吹我衣，茫茫天涯里，飘然何所依？"她想着自己写过的句子，为什么？直到如今，自己仍然是片无所归依的云？每人都有每人的归宿，每人都有每人的幸福，自己是怎么了？为什么与众不同，要是一片云？

饭后，大家都坐在客厅里，电视机开着，正演着连续剧。宛露沉默地坐在沙发里，眼睛瞪着电视，心里却仍然迷惘地想着许多事情。段太太也若有所思，她是被宛露的一篇话所震慑住了，模糊地感到有一层隐忧，正罩在女儿的身上，而这烦恼，却不是她的力量所能解除的。兆培和玢玢依旧嘻嘻哈哈，一面看电视，一面有一搭没一搭地斗嘴。就在这时候，外面一阵汽车喇叭响。宛露惊觉地看看手表，像从梦里醒来一般，迷糊地说：

"叫他十点钟来，才八点多，他就跑来了！"

"还不是你太迷人吗？"玢玢笑着说，"人家是一日不见，如隔三秋，你这位老公啊，是一分不见，如隔三秋呢！"

"谁说的！"兆培调侃道，"根本是一秒不见，如隔三秋呢！"

友岚在大家的取笑声中跑了进来，和段太太打了招呼，他笑嘻嘻地说：

"谁说我是一秒不见，如隔三秋？未免太小看我了！"

"怎么？"兆培对他瞪眼睛，"要不然，追了来做什么？"

"接太太呀！"友岚说，"我说你太小看我了，是说'如隔三秋'四个字有欠妥当，老实说，我是一秒不见，如隔一百秋呢！"

"呵！"玢玢笑了，"可真不害臊呢！"

"要命！"兆培笑得跌脚，"这个家伙，把咱们的男儿气概全给丢光了！"

"我可不觉得，爱自己的太太，有什么丢脸的地方！"友岚说，眼光已对宛露投了过去。

宛露再也无法在这一片笑语声中逗留下去，站起身来，她望望段太太，说了声：

"妈，我走了！"

"快走吧！"兆培说，"你再不走，友岚就变成老头子了，一秋是一年，一百秋是一百年，你晚走几分钟，他就会变成几千几万岁的老公公了。"

段太太一直送到门口来，扶着门，她虽然脸上带着笑，却心事重重，注视着宛露，她语重心长地说：

"宛露，好好地爱惜自己啊！"

上了车，友岚发动了车子，他一只手操纵着方向盘，另一只手伸过来，紧握住宛露的手。宛露不说话，她的眼光直直地看着车窗外面，无法把思想集中，她觉得自己仍然像一片轻飘的云，飘在茫茫然的夜空里。友岚悄悄地看了她一眼，没问一句话，他只是闷着头开车。好久好久，忽然间，车子刹住了。宛露一惊，才发现车子停在圆山忠烈祠的旁边。

"到这儿来做什么？"她朦胧地问。

友岚把车子熄了火，转过身子来，正对着宛露，他的眼光锐利而深沉。

"要问你一句话！"他低沉地说。

"什么话？"

他用双手转过她的身子来，使她面对着自己，他深深地看她，深深地、深深地，那眼光似乎要穿透她，看进她灵魂深处去。

"宛露，你还是我的吗？"他哑声问。

她抬眼看他，觉得在他那深沉而了解的目光下永远无法遁形，他像一个透视镜，自己在他面前，是通体透明的。她挣扎了一下，眼里有着迷惘的悲凄。

"我不知道。"她轻声说，"我觉得我是一片云，而云是飘然无定，不属于任何人的。"

他看了她很久很久。然后，他轻轻地把她拉进了怀里，用胳膊温柔地环绕住她，他那粗糙的下巴，贴在她的鬓边。他轻声地说：

"如果你还在不知道的阶段，那么，我就还没有完全失去你，对不对？宛露，看过《太空仙女恋》那个电视剧吗？"

"看过。"

"金妮是一股烟，有个瓶子可以把她收起来，当她的主人需要她的时候，她从瓶中出来，变成美女。宛露，我也要用一个瓶子，把你这片云装起来。"

"哦！"她无助地问，"你的瓶子在哪里？"

"在这儿！"他把她的手压在他的心脏上，她立即感觉到他的心跳，震动了她的手掌，像一股电流传进她的心中。于是，她依稀恍惚地觉得，自己这片云，真的被他收进他的瓶子里去了。

17

一夜都是恍恍惚惚的，实在无法沉睡。宛露平躺着，不敢动，也不敢翻腾，怕稍一移动身子，就惊醒了友岚。这样无眠地躺着，最后连背脊肩膀和手臂都觉得酸疼。当天快蒙蒙亮的时候，她依稀睡着了。她梦到一张好大的蜘蛛网，自己像一只小小的飞蛾，正扑向那张巨网。在一阵惊惧中，她震动了一下，醒了，满身、满额都是冷汗。她闻到一阵淡淡的香烟气息，然后，她发现友岚正坐在床边，一面抽着烟，一面静静地凝视着她。

"醒了？"友岚安静地问，伸手摸摸她的额，"梦到什么？你睡得很不安稳。"

"没什么。"她勉强地笑笑，问，"几点钟了？"

"该起床了，要上班了。"友岚说，熄灭了烟蒂。

宛露仍然躺在床上，她凝神望着友岚，他似乎很稳重，很沉着，但是，那张深思的脸庞上，却紧压着一层看不见的隐忧，那眉梢眼底，处处带着难以掩饰的苦恼。而那眼睛里面布满了红丝，他也没有睡，想必，他也和她一样平躺着，克制自己不去移动，直到天亮。这样一想，她的心就痛楚地绞扭了。离婚！你怎样对这样一个丈夫去谈离婚？他为什么不打她、骂她、责备她、虐待她，给她一点口实？而现在，她蜷缩在床上，像被收在瓶子里的金妮。瓶子！一个男人要用瓶子装她，另一个男人要用蛛网捉她，她到底是要瓶子还是蛛网？扑向蛛网是扑向死亡，瓶子到底是个安全的所在。躲在瓶子里吧！宛露，安分地待在瓶子里，像母亲一样，做一个贤妻良母！否则，就是你的血液有问题！你的血液真有问题吗？她又心神不定了，又恍恍惚惚了，又一会儿发冷，一会儿发热了。哦！她必须做个决定，她必须！再这样下去，她总有一天会精神分裂！可是，孟樵呢？她抛得开他吗？抛得开吗？

"嗨！"友岚已经盥洗完毕，穿好了衣服，站在床边望着她，他故作轻快地喊，"懒人！你还不起床，要迟到吗？当心杂志社炒你鱿鱼！"

她注视着友岚。

"我想，"她吞吞吐吐地说，"我还是辞职吧！待在家里，不要上班比较好！"

"起来！"友岚一把拉起她的身子，他的脸涨红了，眼睛亮晶晶地盯着她，"为什么要辞职？为什么不去上班？你跟我讲过一大堆要上班的理由，我认为你言之有理！好好一个工作，凭什么要丢掉？"他用手臂圈着她的身子，直直地看着她的眼睛，声音压低了，低沉而果断，"我不要你逃避，更不想囚禁你，如果我囚禁了你的人，也无法囚禁你的心，我想过很久很久。所以，你必须自己面对这份选择，如果你属于我，是连你的人，带你的心，我不要你的躯壳！去吧！宛露，去梳洗换衣服，从今天起，我也不接送你上下班，你是你自己的主人！"

"友岚！"她惊愕而无力地喊，"你——你不是要用个瓶子把我装起来吗？"

"是的，瓶子在这儿，问题是你愿不愿意进去！"

宛露看了看友岚，她终于了解到，他是准备完全让她自己去面对这问题了。你不能两个男人都要！你只能要一个！天哪！她冲进浴室，放了一盆冷水，把自己整个发烧的脸孔，都埋在那冰冷的水中。

梳洗完毕，她折回卧室，发现他还站在窗前抽烟，他的脸对着窗子，背对着她，听到她的脚步声，他没有回头，却静静地喊了一声：

"宛露！"

"嗯？"她被动地应了一声。

"我要告诉你一句话。"

"什么话？"她无力而受惊地。

"你是自由的。"他清清楚楚地说，"我想了一整夜，如果我今天用一张婚约来拘束你，这是卑鄙的！我还没有那么古板！所以，如果你真想离开我，只要你开口，我不会阻止你！我会放你自由，我给你五分钟时间考虑，只要你开口！"

她惊愕地站住了，睁大了眼睛，她的心脏狂跳着：开口！开口呀！她的内心在狂叫着。你不是要离开他吗？你不是爱孟樵吗？那么，你还等什么？他给你自由了，只要你开口！对他说呀！你要离婚，对他说呀！你说呀！

他倏然回过头来，他的眼睛里闪烁着光芒，脸色因等待而变得苍白，他凝视她，微笑了。

"我等了你五分钟，你开不了口，是不是？"他走过来，温柔地挽住她，"宛露！"他的眼光好温柔好温柔，声音也好温柔好温柔，"我知道你还在我的瓶子里，你永远不会晓得，这五分钟对我像五百个世纪！"他用手轻抚她的长发，"我们吃早饭去吧！妈在叫了。"

真的，外面餐厅里，顾太太正直着脖子叫：

"友岚，宛露，你们还不快来吃饭，都想迟到吗？"

他挽着她走出卧室，一切机会都失去了。一种矛盾的、失望的、自责的感觉把她紧紧地抓住了。坐在餐桌上时，她的脸色发青而精神恍惚，拿着筷子，她只是吃不下去。为什么不说？为什么不说？为什么不说？

"宛露！"顾太太惊奇地望着她，"你在做什么？"

她惊觉地发现，自己的筷子，正伸在酱油碟子里猛夹着。顾仰山放下了手中的报纸，对儿子和儿媳妇扫了一眼：

"报上说，有个女人生了个三胞胎！"

顾太太抢过报纸，看着。

"听说玢玢有喜了，是吗，宛露？"

"是的。"

"你们两个呢？"顾太太笑吟吟的。"在我们家里，总用不着实行家庭计划吧！"

宛露没说话，只勉强地笑了笑。顾太太再度弯腰去看她：

"宛露，你又在做什么？"

她一惊，才发现自己拿着个胡椒瓶，猛往稀饭里面撒。她颓然地推开了碗筷，神思恍惚地说：

"我吃不下，我去上班了。"

友岚跳了起来。

"还是我开车送你去吧，你脸色不太好，我有些不放心。像你这样晃晃悠悠的，别给车子撞着！"

宛露走出门的时候，依稀听到顾太太在对顾仰山说：

"仰山，你觉不觉得宛露这孩子越来越不对劲了？成天昏昏沉沉恍恍惚惚的？"

"我觉得，"顾仰山在说，"不只宛露不对劲，咱们的儿子也不太对劲呢！"

"或者，这婚事还是太鲁莽了一些……"

友岚显然也听到了这些话，他及时发动了车子，马达声把所有的话都遮住了。人，怎么这么奇怪呢？该听到的话常常像耳边风般飘过，不该听到的话却反而听得清清楚楚。友岚把她一直送到杂志社门口，才低声说了句：

"宛露，我从没有后悔娶你。"

她下了车，抬眼看他，默然不语。

他伸手抚摸了一下她的头发。

"你是个好妻子，好爱人，是我从小就渴望娶作太太的女孩！我永不会后悔娶你！"

她凝视着他，他发动了马达，车子开走了。

她走进了办公厅，坐在位子上，她心神越来越迷糊了，她做错每一件事情，打翻了墨水瓶，弄撒了大头针，又用订书机钉到自己的手指。然后，孟樵的电话来了：

"宛露，你跟他说了吗？"

"我……没有。"她无力地。

"你为什么不说？"他吼着，几乎震聋了她的耳鼓，"你不是答应了要对他说吗？你不是说你妈会对他说吗？你为什么不说？"

"我妈不肯说。"她努力集中自己的神志，"我……说不出口。孟樵，请你不要再逼我，我已经快要崩溃了。"

她挂断了电话。五分钟后，孟樵的电话又来了。

"宛露，我要见你，我们当面谈！"

"不不，"她挣扎着，"我不见你！"

"你变了卦？"孟樵的声音恼怒地、不信任地、痛楚地响着，"你又改变了？你像一个钟摆，一下摆向这边，一下摆向那边，你难道没有一点自己的意志和思想？你难道对自己的感情都弄不清楚？在森林里，你自己说过什么话？你还记得吗？你承认你爱的是我，你承认你一直迷了路，你答应了要回头！言犹在耳，你就忘了吗？你还是那个天不怕地不怕的女孩吗？你连追求感情的勇气都没有了吗？你怎么如此懦弱无能又毫无主见？你简直让我失望，让我伤心，你可恶透顶……"

她一语不发地挂断了电话，把头埋在手心里。泪水从指缝里沁了出来。电话铃立即又响了，她吓得直跳了起来。又是孟樵！

"宛露，"他急急地、迫切地喊着，"别挂电话，我求你！我道歉，我认错，刚刚我不知道在说什么，我鬼迷心窍，我胡言乱语！我只是慌了，乱了！宛露，我要见你，非见你不可……"

哦，这种日子是过不下去了！宛露跳了起来，同事们都眼睁睁地看着她。怎么了？难道自己多了一只手还是多了一只脚吗？她摔掉了电话，拿起皮包，转身就奔出办公厅，一直奔下那回旋的楼梯，奔到门廊，她一下子和一个人撞了个满怀，那人立即紧紧地握住了她的手，她仰头一看，大吃一惊，是孟樵！她惊愕地张大嘴，怎么也没料到，他是从楼下打电话上去。她哼了一声，无力得要晕倒。老天！她怎么永远逃不开他？

"放开我！"她哑声说，"我要回家去！"

他抓牢了她，把她半拖半拉半提地带出了杂志社，由于她的身子东倒西歪，他放弃了停在门口的摩托车，伸手叫了一辆计程车。

"你要做什么？"她问。

"和你谈个清楚！"他闷声说。

"我不和你谈！"她挣扎地，"我想过了，我已经不属于你了，也不可能属于你了，我不和你谈！放开我！"她的眼神狂野而迷乱，"我不要跟你走，我已经被人装进瓶子里去了，我要留在我的瓶子里！"

"你这个三心二意的傻瓜！你根本不知道你要追求些什么！"孟樵说，他的眼光是凌厉的、粗暴的、热烈的而强迫性的，"你跟我上车，"他把她拖上了车子，完全用的是蛮劲。

到了车上，宛露还在挣扎，孟樵死命用手按住她，她眼看已经无可奈何，车子如飞地往前驰去，她被动地把头仰靠在靠垫上，问：

"你要带我到哪里去？"

"去我家！"

"我不去！"她尖声大叫，"我不要见你妈！"

"别叫！"他用手堵住她的嘴，"我妈早上都有课，家里没有人，只有去家里，我才能和你谈！"

"我不要去！"她挣扎着，"你绑架我！"

"我绑架也要把你绑了去！"孟樵固执地吼着。前面的司机不知道他们是怎么回事，不住回头张望，孟樵对那司机低吼了一声："开你的车，别管我们的事！"

司机不敢回头了，车子往前急驰而去。

宛露抬头望着孟樵，她的眼光愤怒而狂野。

"你就不肯饶过我吗？你一定要置我于死地吗？天下的女人那么多，你为什么不去找？一定要认定了我？"

孟樵紧闭着嘴巴不说话，车子到了，他付了钱，又死拖活拉地把她拉下了车，开了大门，他再把她一直拉进了客厅里。一见到这客厅，宛露许许多多的回忆就像风车般在脑子里旋转起来，虽然孟樵的母亲不在，她却仍然打了个冷战，那钢琴，那沙发，那餐桌，在在提醒她往日的一点一滴。转过身子，她就想往门外跑，孟樵一把拉住了她，叫着说：

"宛露！宛露！你帮个忙吧！用用你的思想，用用你的头脑，你不能像个钟摆一样左右摇！你只能属于一个男人！如果你还爱我，跟着他是三个人的毁灭！你难道不懂吗？不是我不饶你，宛露，不是我要置你于死地，是你要置我于死地！没有你，你叫我怎么活下去？"

"我不听你！我不听你！放开我！让我走！"宛露尖声大叫着，拼命挣扎，头发乱了，衣服也皱了，她的脸涨得通红，眼光闪烁着一种野性的、像负伤的母豹般的光芒。"我已经准备安定下来，你就来破坏！你这个浑蛋！你这个流氓！你不知道我已经嫁了吗？我已经姓了别人的姓了吗？我已经被别人装进瓶子里去了吗？你放开我！放开我……"

他们开始扭成一团，他把她推到沙发上，拼命想要让她安静下来，她却拼命想要跑出去，当体力再也无法支持的时候，她忽然张开嘴，隔着衬衫，对着他的手臂死命咬了下去，他不动，瞪视着她，她觉得周身冒着火焰，自己整个人都要发狂了，她把这多日来的抑郁、悲愤、苦恼、无奈……全发泄在这一咬上。她的牙齿深陷进他肌肉里，她用力咬紧，然后，她看到那白色的衬衫袖子上沁出了红色，她一惊，醒了过来，松开嘴，她愕然地望着他。迅速地，她拂开他的衣袖，去查看那伤痕，两排整齐的牙齿印，清清楚楚地印在那手臂上，像一个烙痕。血正从伤口里很慢很慢地沁出来，那是一个圆，牙齿印所刻成的圆，周边是一圈齿印，中间是一团淤紫。她望着，望着，望着，泪雾模糊了她的视线。

"要再咬一口吗？"孟樵静静地说，"这是个圈圈，是你给我的一个烙印，我但愿它永不消失，那么，就表示我永远属于你！"

她对那伤口注视了好久好久，眼泪滴在那个圈圈上。然后，她把整个面颊都依偎在那个圈圈上，她的面颊上遍是泪痕，那圈圈也被泪痕浸透。她紧倚着他，头发披在脸上，被泪水所濡湿，她只是这样靠着他，不动，不说话，也不哭出声音来。半晌，他拂开了她的长发，把她的头扶了起来，她的面颊上染着血迹，眼光依然清亮，只是，眼底的那抹狂野，已经被一种无助与痴迷所取代了。她那白皙而又消瘦的面颊上，又是泪痕，又是血痕，又是发丝，看来是狼狈而可怜的。他细心地把她每根发丝都理向脑后，再用手指拭去那血迹。在他做这些事的时候，她只是被动地凝视着他，那长睫毛连闪都不闪一下，她那悲凄而无助的眸子里充满了一份无可奈何的哀愁与热情。

"我昨夜做了一个梦，"她轻声说，语气悲凉而苦涩，"梦到你是个好大的蜘蛛网，而我是个小小的飞蛾，我扑向了你，结果扑向了死亡。孟樵，"她望着他，"你说过，爱的本身，有时候也会杀人的。"

他心中一凛，立即想起自己也曾把母亲对他的爱，形容成一张蜘蛛网，难道他对宛露，也同样是造了张蜘蛛网吗？他凝视着宛露，那样小小的、哀愁的、无奈的，蜷缩在沙发中，真像个等待死亡的小飞蛾！他闭了闭眼睛，由于内疚，更由于恐惧，他额上冒出了冷汗。他恐惧了，他真的恐惧了，第一次，他那么恐惧自己对她的爱，会对她造成伤害。

"宛露，"他深深地凝视她，立即感染了她的悲哀，"你真的觉得我是一张有毒的蛛网吗？"

"是的。"

他低下头，沉思了很久很久。

"他呢？他是什么？"他问。

"你说友岚？他是个瓶子，他说的，他要用瓶子装住我，因为我是片会飘的云，所以他必须装住我。"

"他装住了吗？我是说，你喜欢待在那瓶子里吗？"

"我不知道。"她软弱而困惑，"我真的不知道。记得我们刚认识的时候吗？那时的我好快乐，我说我是一片云，因为觉得云又飘逸，又自由，又潇洒。而现在，我还是一片云，却是片飘荡无依的云，一片空空洞洞的云，一片没有方向的云。"

他注视着她。一刹那间，往日的许多回忆，都像影片般从他脑海里映过：街上踢球的女孩，满身撒满黄色花瓣的女孩，总是为任何一句话而笑的女孩，走路时都会轻飘得跳起来的女孩……那个女孩到何处去了？短短一年多的时间，那个女孩已经不见了，消失了。取而代之的，竟是现在这个蜷缩在沙发上的、充满迷惘和无奈的小飞蛾！自己是张蛛网吗？是自己把那个欢乐的女孩谋杀了吗？而现在，自己还要继续谋杀这个小飞蛾吗？他用手支住了额，声音低哑而沉闷：

"我懂了，我可能是有毒的，也可能是一张蛛网。宛露，如果你真觉得那个瓶子里才是安全的所在，我——"他费力地、挣扎地、艰涩地吐了出来，"我不再勉强你了。你走吧！宛露，逃开我！逃得远远的，逃到你的瓶子里去吧！我不想一次又一次地谋杀你！"

宛露惊愕地望着他，不信任地说：

"孟樵，你把我绑架了来，又要我走？"

"是的，绑架你，是为了爱你，要你走，也是为了爱你！因为，我不要做一张蜘蛛网！你走吧！宛露，这次你走了，我再也不会纠缠你了。只是，你一走出大门，我们之间的缘分也就完全断了。"

她从沙发上坐正了身子，仔细地凝视他。

"我走了之后，你会怎样？"

他迎视着她的目光，勉强地笑了笑，那笑容苦涩而苍凉。

"你关心吗？那么，让我告诉你，我不会自杀。我以前告诉你那些没有你就会活不下去的话，都是骗人的！事实上，我会好好地活下去，继续做我的工作。若干年后，我会忘掉了你，再遇到另一个女孩，我们会结婚，生一堆儿女。等我老了，如果有人对我提起你，我会说：段宛露吗？这名字好像在什么地方听过。"他的眼眶湿润了，"这就是典型的、人类的故事。你满意了吗？那么，你可以走了，只要考虑你自己，不用考虑我！我会挺过去的！"他咬咬牙，"我总会挺过去的！"

她一瞬也不瞬地望着他，好久好久。然后，她慢吞吞地站起身子，他注视着她，眼神紧张。她刚一举步，他就冲口而出地大叫了一声：

"宛露！你真走？"

她立即站住了。他们两个对视着，紧张地、犹疑地、恐惧地对视着。然后，她骤然地投进了他怀里，用手臂牢牢地抱住了他的腰。

"你挺不过去的！孟樵，我知道！我们都完了，我知道！即使你是一张蜘蛛网，我也已经扑向你了！我不再做钟摆了，我回去和他谈离婚！我答应你！我答应你！我不要你老了的时候记不住我的名字！我不要！"她把头埋进他的肩膀里。

他长长地吐出一口气来，眼眶完全湿了。

18

宛露回到家里的时候，又是午夜了。

孟樵一整天没有放松她，为了固定这个"钟摆"，也为了舍不得离开这个"钟摆"，他和她一起吃的午餐，又骑着摩托车，去郊外逛了一个下午，没有固定的目标，他们只是在荒郊野外走着。不知怎的，虽然她已经给了他保证，他仍然觉得她是不可靠的，仍然觉得每一分钟的相聚都弥足珍贵，似乎一旦放走了她，他这一生就再也见不到她似的。自从有了"蛛网"的譬喻以后，他就觉得她已经攻入了他最弱的一环，每一下的凝视，每一次目光的相遇，他都会感到心中一紧。他会自问：我这样做对吗？我是蛛网吗？我会缠绞她到死为止吗？这种怀疑，这种自责，这种内疚，这种恐惧，以及对她的渴求和爱，造成一股庞大的、交战的势力，在他心中对垒，以至于他失去了一贯的自信，而变得脆弱、易感，而且患得患失了。

她呢？她像一片游移的云，悠悠晃晃，整日都神思不属。晚上，他应该去报社上班，他突然觉得有种强烈的预感，今晚放走了她，就会永远失去她了。因此，他带着她去报社转了一圈，交掉了早就写好的访问稿，再带她去雅叙，他不肯放走她，不敢放走她，坐在那儿，他燃起一支烟，只是静静地、深深地凝视她。她缩在那高背的沙发中，缩在靠墙的角落里，瘦瘦小小的、神思恍惚的脸上，她始终带着种被动的、听天由命似的表情。这一天，她好乖，好顺从，好听话，和以往的她，似乎换了一个人，她像一个缴了械的斗士，不再挣扎，不再抗拒，不再作战……她只是等待命运的宣判。她这种逆来顺受似的表情，使他不安了。他问：

"宛露，你在想什么？你又动摇了吗？"

"不。"她看了他一眼，就掉转眼光，望着那杯咖啡冒的热气，"我不能再动摇了，是不是？何况，我到现在还没有回去，家里一定已经翻天了，任何要来临的事，我都已经无法避免了。"

"他会刁难你吗？他会折磨你吗？他会给你气受吗？要不要——我去对他讲？"

她抬起眼睛来凝视他。

"你有什么立场去对他讲？"她问，摇了摇头，"不。我要自己去面对这件事情。他不会折磨我，因为——他是个君子。"

他伸手摸了摸她的手背。

"我抱歉。"

"抱歉什么？抱歉你带给我的烦恼、痛苦和爱情？该抱歉的，是那个皮球，它为什么要好端端地滚到我的脚边来？该抱歉的是命运，它为什么要这样捉弄我？该抱歉的是我自己，我没有坚强的意志——或者，"她眼里飞进一片朦胧的雾气，"该抱歉的是生我的人，我根本不该来到这个世界！"

"宛露！"他喊，"请你不要责备你自己！这一切，都该我来负责任……"

"现在来谈责任问题，是不是太晚了？"她幽幽然地说，整个人像沉浸在一个看不见的深谷里，她的声音也像来自深谷的回音，低微、绵邈而深远，"你和友岚像两股庞大的力量，一直在撕裂我，我说不出我的感觉，以前，总以为被爱是幸福，现在才知道，爱与被爱，可能都是痛苦。我不知道我这个人存在的价值，我迷糊了，"她轻叹了一声，望着桌上的小灯，"你知道吗？我叫很多人'妈'，我的生母，我的养母，嫁给友岚之后，叫他母亲也是妈，那么多妈妈，我却不知道我真正的'妈妈'是谁。我的生母和养母抢我，你和友岚也抢我，我该为自己的存在而庆幸吗？我被这么多人爱，是我的幸福吗？为什么我觉得自己被撕碎了，被你们所有的人联合起来撕碎了。我真怕，我觉得自己像个小瓷人，在你们的争夺下，总有一天会被打破，然后你们每个人都可以握住我的一个碎片。那时候，你们算是有了我，还是没有我？"

他激灵灵地打了个冷战。

"宛露！"他寒心地喘了口气，"请你不要用这种譬喻！我告诉你，只要你冲破了这一关，以后都是坦途！我会用我的终生来弥补这些日子给你的痛苦！我保证！我要给你一份最幸福最美满的生活！以后的日子里只有欢乐，没有苦恼，你会恢复成往日的你！那个采金急雨花的你，那个对着阳光欢笑的你！我保证！宛露！"

"是吗？"她的声音依然深幽，"你母亲呢？经过了这一番折腾，在她心目里，我更非完美无瑕了！往日的我，尚不可容，今日的我，又该如何呢？"

"你放心，宛露。"他诚挚地、恳切地、坚定地说，"如果我能重新得到你，我母亲一定会尽全心全力来爱你，因为，只有我知道，她对以前的事有多么后悔！多么急于挽救！"

"不过，也没关系！"她神思恍惚地说，"以前的错误也不是她一个人的。就像我妈妈说的，我又要自尊，又要爱情，是我的错！我是个贪心的、意志不坚的坏女孩！或者，我生来就是个坏女孩！"她的神思飘到了老远老远，她开始出起神来，眼睛直直地瞪着。

"宛露？"他担忧地叫，"你好吗？你在想什么？宛露？"他用手托起她的下巴，"你好苍白，你不舒服吗？你到底在想什么？"

她回过神来。

"我在想——"她沉吟地说，"那个采金急雨花的女孩！我在想她到哪里去了。"她低下头去，有两滴水珠滴在桌面上，她低低地、喃喃地念了两句诗："弃我去者，昨日之日不可留！乱我心者，今日之日多烦忧！"

他焦灼地再托起她的下巴，紧盯着她的眼睛。

"你哭了？"他问，"宛露，求你不要这样吧！你这种样子，弄得我心神不安，我怎么放心让你走开？宛露，我告诉你，未来都是美好的，好不好？你听我的！我不会骗你！"他凝视她，"宛露，如果你真开不了口，我不强迫你去做……"

"不不！"她很快地摇摇头，像从一个梦中醒过来一般，"我没哭，只是有水跑进我的眼睛里。好了，我也该回去了。你放心，我会和他谈判！"

"我明天整天等你的消息！"他盯着她，"你打电话给我，白天，我在家里，晚上，我在报社！"

"我知道了。"她站起身子，凝视着他，"你老了的时候会忘记我的名字吗？如果你真忘了，只要记住一件事，我是一片云！"她顿了顿，侧着头想了想，"你知道爸爸为什么给我取名叫宛露吗？我后来想明白了，他们以为带不大我，就取自曹操的诗：对酒当歌，人生几何？譬如朝露，去日苦多！"

"宛露，"他不安地说，"你是不是真的很好？你有没有不舒服？你——"他说不出来，只是瞪着她，不知怎的，他有种要和她诀别似的感觉，"你——你不会想不开吧？"他终于问了出来。

"我？"她挑了挑眉毛，"我像吗？不！我相信你！我们还要共度一大段人生，等我们老了的时候，"她泪汪汪地看着他，"我们一起来回忆今天！因为，今晚，会是我最难过的日子！"

他注视着她。

"对不起，宛露。"

"对不起什么？"她问。

"对不起我太爱你，对不起我不能失去你，对不起我没有好好抓住你，对不起我让你受这许多罪。"

她含泪而笑。

"我从没想到，我只是踢了一个皮球，却踢出这么大的一场灾难。"

"不是灾难，"他正色说，"是幸福。"

"是吗？"她笑了笑，笑得好单薄，好软弱，"你们两个都说要给我幸福，我却不知道幸福藏在什么地方。"

他们走出了雅叙，迎面就是一阵冷风，天已经凉了，几点寒星，在天际闪烁。他依稀想起，也是这样一个晚上，他们走出雅叙，而后，他吻了她。从此，就是一段惊涛骇浪般的恋情，糅合了痛楚，糅合了狂欢，糅合了各种风浪，而今，她会属于他吗？她会吗？寒风迎面袭来，他不自禁地感到一阵凉意。送她到了家门口，已经是午夜了。

她回头再依依地看了他一眼。

"再见！"她说。

"宛露，"他不由自主地说，"你还是钟摆吗？"

"我还是。"她说，"可是，你是一块大的磁铁，你已经把钟摆吸住了，你还怕什么？"

开了门，她进去了。

走进客厅的时候，她以为顾太太和友岚一定会像上次一样，坐在客厅里等她，她心情仍然恍惚，头脑仍然昏乱，但是，在意识里，她却固执着一个念头，而且准备一进门就开口。可是，出乎意料，客厅里是空的，只亮着一盏小壁灯，显然，全家都睡了，居然没有人等她！她下意识地关掉了壁灯，摸黑走进自己的卧室。开了门，她就发现卧室里灯光通明，友岚仰躺在床上，正在抽烟，床边的床头柜上，有个小烟灰缸，已经堆满了烟蒂，满屋子都是呛人的烟气。

她笔直地走到床边，注视着友岚。友岚的眼睛大睁着，紧紧地盯着她。他继续抽着烟，脸上一点表情都没有。

"友岚，"她开了口，"记得你早上说的话吗？"

"什么话？"他从喉咙深处问了出来。

"你不会用婚约来拘束我，如果我要离开你，我就可以离开你。"她清楚地、一个字一个字地吐了出来。

他凝视着她，仍然躺着，仍然抽着烟，从他脸上，丝毫看不出他心里在想些什么，可是，房间里已经逐渐充满了一种暴风雨来临前的宁静。风吹着窗棂，簌簌作响，他的香烟，一缕缕地往空中扩散。她站在那儿，手中的皮包已经掉在地上，她没有管，只是定定地看着他，他也定定地看着她。终于，他把一支烟都抽完了，抛掉了烟蒂，他翻身从床上坐了起来，他的眼睛里燃起了火焰。第一次，她发现他也有狂暴的一面。

"是的！"他大声说，"我说过，你要怎样呢？"

"我要——离——"

"我先警告你！"他猛地叫了起来，打断了她，脸色一反平日的温文，他苍白而凶猛，像个被射伤了的野兽，在做垂死的挣扎，"我对你的忍耐力已经到边缘了！我也是人，我也有人的感情，有人的喜怒哀乐，你不要以为我纵容你，我忍耐你，我对你和颜悦色，你就认为我没有脾气，我是好欺侮、好说话的了！你今天如果敢说出那两个字来，我就无法保证我会对你做出什么事来！"

"你变了卦？"她无力地问，凝视着他，"早上你才说过，如果我想离开，只要我开口！"

"早上！"他大叫，"早上已经是过去时了！我给了你五分钟考虑，你没有开口！现在，太晚了！"他紧盯住她，伸出手来，他摸索着她的手臂，摸索着她的肩膀，一直摸索到她的脖子，他咬牙切齿地说，"显然，对你用柔情是没有用的！对你用温存也是没有用的！对你用耐心更是没有用的！你今天又去见他了，是吗？在我这样的宠爱、信任及忍耐之下，你依然要见他！宛露，宛露，你还有没有人心？有没有感情？有没有思想？"他的声音越叫越高，他的手指在她脖子上也越来越用力。

"放开我！"她挣扎着。

"放开你？我为什么要放开你？"他怒吼着，"你是我的太太，不是吗？放开你，让你跟别的男人去幽会吗？你喜欢粗暴刚强的男人，是吗？你以为我不会对你用暴力吗？"他用力捏紧她，眼睛里布满了红丝，他的样子似乎想把她整个吞下去，他的声音沙哑而狂怒，"我受够了！我受够了！我凭什么要这样一再地忍耐你？宛露，我恨不得掐死你！从小一块儿长大，你对我的个性还不清楚吗？你不要逼我做出后悔的事情来！狗急了也会跳墙，你懂吗？"他的手指在用力，他的眼珠突了出来，他撕裂般地大吼大叫着，"你死吧！宛露，你死了我给你抵命，但是，你休想跟那个男人在一起！你休想！"

宛露无法呼吸，无法喘气了，她的脸涨红了，眼珠睁得大大的。她的头开始发昏，思想开始紊乱，在这一刹那间，她忽然觉得，死亡未始不是一个结束。她不再挣扎，不再移动，只是眼睁睁地看着他。于是，他泄了气，他在她那对大眼睛的凝视下泄了气，在她那逆来顺受下泄了气，他直直地瞪着她，悲愤交加地狂喊：

"为什么我用了这么多工夫，还得不到你的心？既然你不爱我，你又为什么要嫁给我？"他咬牙切齿，"宛露，你是个忘恩负义、无情无信的冷血动物！你滚吧！你滚吧！滚得远远的，让我再也不要见到你……"

他用力地甩开她，用力之猛，是她完全没有防备的，她踉跄着直摔出去，一切发生得好快，她倒了下去，砰然一声，她带翻了桌子，在一阵惊天动地般的巨响声中，她只觉得桌子对她压了过来，桌角在她额上猛撞了一下，她眼前金星乱迸，立即失去了意识。

她一定晕倒了好长一段时间，醒过来的时候，只听到满屋子的人声，她的睫毛眨了眨，勉强地睁开眼睛，她听到顾太太长长地松了一口气，一迭连声地说：

"好了！好了！人醒过来了，没事了！没事了！"

她发现自己平躺在床上，额上压着一条冷毛巾，顾太太正手忙脚乱地在掐她的人中，搓她的手脚。顾仰山不便走进屋来，只是在门口伸着脖子问：

"还需不需要打电话请医生？到底严重不严重？别弄出脑震荡来，我看还是请医生比较好！"

她觉得头晕晕的，四肢瘫软而无力，但是，她的神志清醒了，思想也恢复了，望着顾太太，她抱歉地、软弱地说：

"妈，我没事！不要请医生，我真的没事！"

顾太太仔细地打量她：

"你确定没事吗？宛露？"

"我确定。"她说，"真的。"

"好了，好了，"顾太太从床边让开身子，"总算没闯出大祸来！"回过头去，她严肃地望着站在一边面孔雪白的友岚，"友岚，你发疯了？夫妻吵架，也不能动手的！有什么事不能好好谈？要用蛮劲？你年纪越大头脑反而越糊涂了？如果弄出个三长两短，你预备怎么办？"她再看了宛露一眼，"宛露这孩子，也是我们看着长大的，她不是个不讲理、没受过教育的孩子，你只要有理，有什么话会讲不通呢？"她退向了门口，"好了，你们小夫妻俩，自己好好地谈一谈吧！"

顾太太退出门去，关上了房门，在房门合拢的那一瞬间，宛露听到顾太太长叹了一声，对顾仰山说：

"唉！这真是家门不幸！"

宛露咬紧了嘴唇，到这时候，才觉得额头上隐隐作痛。友岚在床沿上坐了下来，他的脸色比纸还白，眼角是湿润的。他翻开她额上的毛巾，去查看那伤处，额角上已经肿起一大块，又青又紫，他用手指轻轻地抚摸了一下，她立即痛楚地退缩开去。他的眉头紧蹙了起来，眼睛里充满了怜惜与懊悔。

"宛露，"他的声音好低沉，好沙哑，"请你原谅我，我一定是丧失了理智。在我的生命里，我最不愿伤害的就是你！我总以为，我的怀抱是一个温暖的天地，可以保护你，可以给你爱和幸福。谁知道，我却会伤到你！宛露，"他抚摸她的面颊，深深地望着她，"疼吗？"

她不说话，把头侧向了一边，泪水沿着眼角滚了出来，落在枕头上，他用手拭去她的泪痕，轻声说：

"别哭，宛露！千错万错，都是我错。我应该和你好好谈，我不该对你动手！我只是一时气极了！我……我真想不到我会做出这种事来！我道歉，宛露！"

哦！她闭上眼睛，心里在疯狂般地呐喊着：我不要做钟摆！我不要做钟摆！我不要做钟摆！可是，在现在这个情况下，她如何向他再开口？她如何再来谈判呢？而且，额头上的伤处是越来越痛了，整个头都昏昏沉沉的，她无法集中思想，无法收拢那越来越涣散的意志。她觉得自己又在被撕裂，被撕裂……

看到她闭上眼睛，友岚说：

"你睡一会儿吧！我在这儿陪你！"他把那毛巾拿到浴室去，弄冷了再拿来，压在那伤口上。他就这样一直忙着，一直维持那毛巾的冷度。宛露忍无可忍，再也无法装睡，她睁开眼睛来看着他。

"天都快亮了，你也睡一下好不好？我知道你昨夜也没睡，待会儿还要上班！"

他凝视她，嘴角浮起了一个勉强的微笑。

"你仍然关心我，不是吗？"他扬了扬眉毛，眼睛里几乎闪耀着光彩，"放心，我很好，以前赶论文的时候，我曾经有连开五个夜车的纪录！"他用手指压在她眼皮上，"你睡一下，你苍白得让我心痛！"

她被动地闭上了眼睛，心里还在呐喊：我不要做钟摆！我不要做钟摆！我不要做钟摆！但是，嘴里却怎样也说不出离婚的话来。明天再说吧，她模糊地想着，觉得自己软弱得像一堆棉絮，几乎连思想的力气都没有。恍惚中，她只知道友岚一直在忙着，一直在换那条毛巾。她很想叫他不要这样做，很想抓住他那忙碌的手，让他休息下来。但是，她什么都没做，只是被动地躺着，被动地接受他的照顾及体贴。

天完全亮了，阳光已经射进了窗子，事实上，宛露一直没有睡着，她只是昏昏沉沉地躺着，心里像塞着一团乱麻，她无力于整理，无力于思想，无力于分析，也无力于挣扎。当阳光照亮了屋子，她睁开眼睛来，立即接触到友岚深深的凝视。他形容枯槁，眼神憔悴，满脸的疲倦和萧索。当宛露和他的眼光接触的一刹那，他的眼睛亮了亮，一种企盼的、热烈的光彩又回到了那对落寞的眼睛里。他对她微微一笑，那笑容是温柔而细腻的。

"宛露，今天你不要去上班，我会打电话帮你请假，你好好地休息一下。我本来想在家陪你，但是，工地有重要的事，我不能不去，不过，我会提前赶回来！"

难道那些争执的问题又都不存在了吗？难道他预备借这样一场混乱再把它混过去吗？她想问，却又问不出口。忽然间，她想起在学校里念过莎士比亚，她想起那矛盾的哈姆雷特，以及他著名的那句话：做，与不做，这是一个问题！

他仔细地凝视她，似乎在"阅读"她的思想。他的手指轻柔地在她鼻梁上滑下去，抚摸她的嘴唇与下巴的轮廓，他低声而诚恳地说：

"我知道我们之间的问题并没有结束，我并不想逃避它！但是，我觉得我们彼此都需要冷静一下，再仔细地考虑考虑。我很难过，我那个瓶子，原来这么容易破碎！它装不住你！"

她不知所以地打了个冷战。外间屋里，顾太太在叫着：

"友岚！你到底吃不吃早饭？上不上班？"

她想坐起身子，他按住了她。

"别起来，也别照镜子，因为你的额头又青又紫。"他俯下头来，在她额上轻轻地吻了一下，像童年时代他常做的，是个大哥哥！他抬起头来的时候，他眼睛里有着雾气。"昨晚我发疯时说的话，你可以全部忘记，我永远不会勉强你做你不愿意的事。利用这一天的时间，你好好地想一想。"他站起身来，预备离去，她下意识地抓住了他的手，说了句：

"友岚，你没有刮胡子！"

他站住，笑了。

"没关系，建筑公司不会因为我没刮胡子，就开除我，你说呢？"他凝视她，好半天，他才低沉地说，"我总觉得一个大男人，说'我爱你'三个字很肉麻，可是，宛露……"他低语，"我爱你！"

他走了，她望着他的背影，一时间，觉得心如刀绞，自己也不知道为什么会如此心痛。哦！她咬紧嘴唇，在内心那股强烈的痛楚中，体会到自己又成为一个钟摆。摇吧！摇吧！摇吧！她晕晕地摇着，一个钟摆！一片飘流无定的云！

她不知道在床上躺了多久，终于，她慢吞吞地起了床，头还是晕晕的，四肢酸软而无力。屋子里好安静，友岚和顾仰山都去上班了，家里就只剩下了两个女人。顾太太并没有进来看看她，是的，家门不幸！娶了一个像她这样的儿媳妇，实在是家门不幸！她走到梳妆台前面，凝视着自己，身上，还是昨天上班时穿的那件衬衫和长裤，摔倒后就没换过衣服。她下意识地整理了一下服装，又拿起梳子，把那满头凌乱的头发梳了梳，她看到额上的伤处了，是的，又青又紫又红又肿，是好大的一块。奇怪，也是一个圆，也是一个烙印，她丢下了梳子，走出了房间。

客厅里，顾太太正一个人坐在那儿发怔。看到宛露，她面无表情地问了句：

"怎样？好一点没有？"

"本来就没什么。"她低低地说，在沙发上坐了下来，忽然觉得在顾太太面前，她自惭形秽！为什么顾太太不像往日那样对她亲热了，宠爱了？是的，家门不幸！娶了这样的儿媳妇，就是家门不幸！

"宛露，"顾太太注视着她，终于开了口，这些话在她心里一定积压了很久，实在不能不说了，"你和友岚，也是从小一块儿长大的，你们这件婚事，也是你们自己做的主，我们这个家庭，也算够开明够自由的了。我实在不懂，你还有什么不满足？"

她低下头去，无言以答，只喃喃地叫了一声：

"妈！"

"好歹今天你还叫我一声妈，"顾太太凝视着她，点点头说，"你也别怪我把话说得太重了。你是一个结了婚的女人，到底不比你做小姐的时代。固然现在一切都讲新潮，可是，结了婚毕竟是结了婚，传统的道德观念和拘束力量永远存在，你如果想突破这个观念，你就是走在道德轨道之外的女人！在现在这个时代，女人一失足，就再也没有回头的余地。你必须想清楚，我们从未嫌弃过你的身世或一切，你也别让顾家的姓氏蒙羞！"

"妈！"她惊愕地喊，冷汗从额上和背脊上冒了出来。"姓氏蒙羞"！这四个字第一次听到，是孟樵的母亲说出来的！而今，友岚的母亲也这样说了吗？她又开始觉得头晕了，觉得整个心灵和神志都在被凌迟碎剐，但是，顾太太说的是真理，代表的是正气，她竟无言以驳。

"宛露，"顾太太的声音放柔和了，"或者我的话说得太重了，但是，你也是个通情达理的孩子，你该了解一个母亲的心情。我无法过问你们小夫妻的争执，可是我看到我儿子的憔悴……"

电话铃蓦然地响了起来，打断了顾太太的话。顾太太就近拿起了电话，才"喂"了一声，宛露就发现顾太太的脸色倏然间变为惨白，她对着电话听筒尖声大叫：

"什么？友岚？从鹰架上摔下来？在哪里？中心诊所急

救室……"

宛露砰然一下从沙发上直跳起来，鹰架！那只有老鹰才
飞得上去的地方！鹰架，刹那间，她眼前交叉着叠映的全是
鹰架的影像。她冲出了大门，往外面狂奔而去。中心诊所，
友岚，鹰架！她听到顾太太在后面追着喊：

"等我呀！宛露！等我呀！"

她不能等，她无法等，拦住一辆计程车，她冲了上去。
中心诊所！友岚！友岚！友岚！车子停了，她再冲出来，跟
跄着，跌跌撞撞地，她抓住一个小姐，急救室在什么地方？
鹰架！哦，那高耸入云的鹰架！友岚！她心里狂呼呐喊着，
只要你好好的，我做一个贤妻，我发誓做一个贤妻，只要你
好好的，我躲在你的瓶子里，永远躲在你的瓶子里……她一
下子冲进了急救室。

满急救室的医生和护士，她一眼就看到了友岚，躺在那
手术台上，脸孔雪白。一个医生正用一床白被单，把他整个
盖住，连脸孔一起盖住……

她扑了过去，大叫：

"不！不！友岚！友岚！友岚！"

"他死了！"一个医生把她从友岚身边拉开，很平静地说，
"送到医院以前就死了！"

不要！她在内心中狂喊，回过头去，她正好一眼看到刚
冲进来，已经呆若木鸡的顾太太。出于本能，她对顾太太伸
出手去，求助般地大叫了一声：

"妈！"

这声"妈"把顾太太的神志唤回来了，她顿时抬起头来，眼泪疯狂地奔流在她的脸上，她恶狠狠地盯着宛露，嘶哑地喊：

"你还敢叫我妈？谁是你的妈？你已经杀了我的儿子！你这个女人！"

宛露脑中轰然乱响，像是几千几万个炸弹，同时在她脑子中炸开。她反身冲出了急救室，冲出了医院，仰天狂叫了一声：

"啊……"

她的声音冲破了云层，冲向了整个穹苍。一直连绵不断地，在那些高楼大厦中回响。

尾声

　　在台北市郊的一座山顶上，"平安精神病院"是栋孤独的、白色的建筑。这建筑高踞山巅，可以鸟瞰整个台北市。在病院的前面，有一片好大好大的草原。

　　天气已经相当冷了，是暮秋的时节。医院大门前的一棵凤凰木，叶子完全黄了，筛落了一地黄色的、细碎的落叶。寒风不断萧萧瑟瑟地吹过来，那落叶也不断地飘坠。

　　有两个中年女人走进了病院，一面走，一面细声地谈着话，其中一个，穿着藏青色的旗袍，是段太太。另一个，穿着米色的洋装，却是那历尽风霜的许太太。一个是宛露的养母，一个是宛露的生母。

　　"据医生说，"段太太在解释着，满脸的凝重与绝望，"她可能终生就是这个样子了，我们也用过各种办法，都无法唤醒她的神志。唯一可以做的，就是给她个安静的、休养的环境，让她活下去。或者有一天，奇迹出现，她又会醒过来，谁知道呢？我们现在只能寄期望于奇迹了。"

许太太在擦眼泪，她不停地擦，新的眼泪又不停地涌出来。

"是我害了她！"许太太喃喃地说。

"或者，是'爱'害了她！"段太太出神地说，仰头看着走廊的墙角，有一只蜘蛛，正在那儿结网。她下意识地对那张网看了好一会儿，又自言自语地说："爱，是一个很奇怪的字，许多时候，爱之却适以害之！"

她们走进了一间病房，干干净净的白墙，白床单，白桌子，宛露穿着一身白色的衣服，坐在一个轮椅上。有个医生，也穿着白色的衣服，正弯腰和宛露谈话。抬头看到段太太和许太太，那医生只点了个头，又继续和宛露谈话。宛露坐在那儿，瘦瘦的，小小的，文文静静的，脸上一点表情也没有，眼睛直直地望着前方。

"你姓什么？"医生问。

"我是一片云。"她清清楚楚地回答。

"你叫什么名字？"

"我是一片云。"

"你住在什么地方？"

"我是一片云。"

"你从哪儿来的？"

"我是一片云。"

医生站直了身子，望着段太太。

"还是这个样子，她只会说这一句话。我看，药物和治疗对她都没有帮助，她没有什么希望了。以后，她这一生大概都是一片云！"

"请你们把这片云交给我好不好？"忽然间，有个男性的、沉稳的、坚决的声音传了过来。段太太愕然地回过头去，是孟樵！他憔悴地、阴郁地站在那儿，显然已经站了很久。

"孟樵？"她惊愕地，"你预备做什么？"

"接她回家。"他简单明了地说。

"你知不知道，"段太太说，"她很可能一生都是这样子，到老，到死，她都不会恢复。"

"我知道。"孟樵坚定地看着这两个女人，"请你们把她交给我，或者，我可以期待奇迹。"

"如果没有奇迹呢？"段太太深刻地问。

"我仍然愿意保有这片云。"孟樵沉着地回答。

段太太让开了身子，眼里含满了泪。

"你这样做很傻，你知道吗？她会变成你的一个负担，一个终生的负担。"

"宛露说过，爱的本身就是有负担的，我们往往也就是为这些负担而活着。"孟樵沉稳地说，"把她给我吧！"

段太太深深地注视着他。

"带她去吧！"她简单而感动地说。

孟樵走了过去，俯下身子，他审视她的眼睛，她的瞳仁是涣散的，她的神态是麻木的，她的意识，似乎沉睡在一个永不为人所知的世界里。

"你是谁？"他问。

"我是一片云。"

"我是谁？"他再问。

"我是一片云。"

"记得那个皮球吗？"

"我是一片云。"

他闭了闭眼睛，站起身来，他一语不发地推着那轮椅，把她推出那长长的走廊，推出大门，推下台阶，推到那广大的草原上。一阵晚风，迎面吹来，那棵高大的凤凰树，又飘坠下无数黄色的叶子，落了她一头一身。他低头望着她，依稀仿佛，像是很久以前的"金急雨"花瓣。他脱下自己的外套，披在她的身上，慢慢地、慢慢地，向那草原上推去。

在草原的一角，孟樵的母亲，不知何时就站在那儿了。她像个黑色的剪影，默默地伫立在那儿，默默地望着他们。孟樵推着宛露，从她身边经过，母子二人，只交换了一个眼神，孟太太含着泪，对他微微颔首。于是，孟樵继续推着宛露，向前面走去。三位"母亲"，都站在医院的门口，目送着他们。

孟樵推着宛露，在辽阔的草原上，越走越远，越走越小，终于消失了踪影。

远远的天边，正有一片云轻轻飘过。

——全书完——

一九七六年四月八日黄昏初稿完稿
一九七六年四月十五日午后一度修正
一九七六年四月二十二日晚二度修正

（京权）图字：01-2025-0195

图书在版编目（CIP）数据

我是一片云／琼瑶著. -- 北京：作家出版社，2025.1.
（琼瑶作品大全集）. -- ISBN 978-7-5212-3236-3

Ⅰ. I247.5

中国国家版本馆 CIP 数据核字第 2025348CF5 号

我是一片云（琼瑶作品大全集）

作　　者：琼　瑶
责任编辑：陈亚利
装帧设计：棱角视觉　纸方程·于文妍
责任印制：李大庆　金志宏
出版发行：作家出版社有限公司
社　　址：北京农展馆南里 10 号　　　邮　　编：100125
电话传真：86-10-65067186（发行中心）
　　　　　86-10-65004079（总编室）
E-mail: zuojia@zuojia.net.cn
http://www.zuojiachubanshe.com
印　　刷：三河市龙大印装有限公司
成品尺寸：142×210
字　　数：168 千
印　　张：8.125
版　　次：2025 年 1 月第 1 版
印　　次：2025 年 1 月第 1 次印刷
ISBN 978-7-5212-3236-3
定　　价：2754.00 元（全 71 册）

品　琼　瑶　经　典

忆　匆　匆　那　年

琼瑶作品大全集